KB160016

사랑,
그 존재 하나만으로도
세상의 모든 짐을 가볍게 해주는
최상의 선물

소중한 당신께 이 책을 드립니다.

_____ 님께

masterwork of the world

향기가 묻어나는
세계 명시
150

문영 엮음

뜻이있는사람들

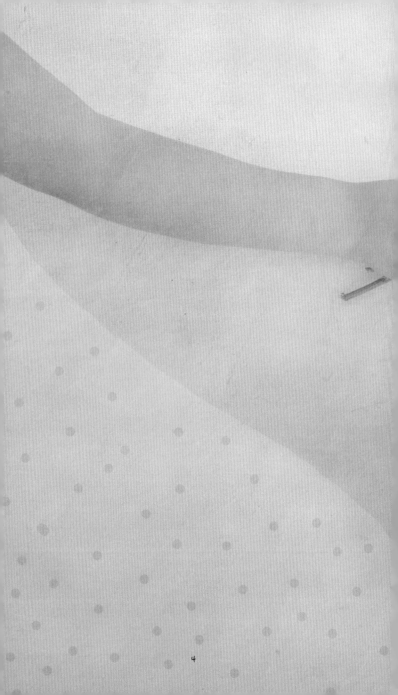

4

언제부터 우리는 내용물보다는 겉포장에 더 신경을 쓰고, 힘들고 어려운 진실을 대면하기보다는 회피하고, 조금이라도 쉬운 방법을 찾으려는 시대에 살고 있습니다.
짧은 거리도 걷기보다는 차를 타고, 직접 만들기보다는 돈을 주고 사고, 계단을 오르기보다는 에스컬레이터나 엘리베이터를 이용합니다.

그러나 변하지 않는 것이 있습니다.
사람의 마음입니다.

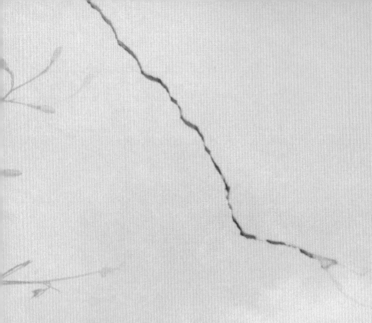

수백 년 전에도, 수천 년 전에도, 어느 시대를 살았던, 어떻게 살았던 사람의 마음만은 변하지 않았습니다.
그들의 마음은 고스란히 시에 남아 현재를 살아가고 있는 우리에게 사랑, 용기, 아픔, 위로, 용서 등 그들의 마음을 전달하고 있습니다.

이 시집은 우리가 잘 알고 있는 세계적으로 유명한 시인들의 작품으로 꾸며보았습니다. 다소 난해한 작품도 있고 모르는 시인의 작품도 있을 것입니다. 하지만 하루 한 편 아무 페이지나 열고 마음을 열어 보세요.
어느 순간 여러분의 마음속에 스며들어 기쁠 땐 같이 기뻐해 주고 슬플 땐 위로해 줄 것입니다.

시, 어렵지 않습니다.
여러분의 마음이 시입니다.

엮은이 문영

contents

1장 당신을 만나고 싶어요

✳

✳

✳

✳

✳

✳

✳

2장 이제 당신만 생각할래요

*

*

*

*

*

*

*

*

3장 추억은 그리움으로 남고

*

*

*

*

*

*

*

*

4장 언젠가 우리 다시 만나면

✻

✻

✻

✻

✻

✻

✻

✻

1장

당신을
만나고
싶어요

당신을 사랑했어요

✳ A. 푸시킨

당신을 사랑했어요.
그 사랑은 아직도
내 마음속에서 불타고 있네요.

하지만 내 사랑으로 인해
더 이상 당신을 괴롭히지는 않을게요.
슬퍼하는 당신의 모습을
절대 보고 싶지 않으니까요.

말없이,
그리고 희망도 없이
당신을 사랑했어요.

때론 두려워서,
때론 질투심에 괴로워하며
오로지 당신을 깊이 사랑했어요.

부디 다른 사람도
나처럼 당신을 사랑하길 기도할게요.

A. 푸시킨 (1799~1837)
러시아 시인. 소설가
대표작 〈예프게니 오네긴〉 〈대위의 딸〉 〈청동의 기사〉 등 다수
모스크바 출신으로, 러시아 리얼리즘 문학의 확립자이다.
농노제하의 러시아 현실을 그려내는 것을 지향했으며 후일 러시아 작가의 모든 유파
에 영향을 미쳤다.

연인 곁에서

✳ 괴테

태양이 바다의 수면 위를 비추면
나는 너를 생각한다.
희미한 달빛이 우물에 떠 있으면
나는 너를 생각한다.

먼 길 위에 먼지가 일어날 때
나는 너를 본다.
깊은 밤 좁은 오솔길에
방랑객이 비틀거리며 다가올 때
거기서 먹먹한 소리를 내며 파도가 일 때
나는 네 소리를 듣는다.
모든 것이 침묵에 빠질 때
조용한 숲 속으로 가서 나는 이따금
바람이 살랑거리는 소리를 듣는다.

나는 너와 함께 있다 너는 아직도 멀리 있다지만
내게는 무척 가깝구나.
태양이 지고 이어 별빛이 반짝인다.
아, 거기 네가 있다면.

괴테 (1749~1832)

독일 시인, 극작가, 정치가.
대표작 〈빌헬름 마이스터의 편력시대〉 〈파우스트〉 등 다수
체험시의 보급, 베르테르적 모티브의 유행, 파우스트적 이상주의의 전개 등 다방면에
영향을 미쳤다. 그의 모든 작품의 근저에 흐르는 휴머니즘은 여러 민족, 특히 동서독
일을 정신적으로 융화ㆍ일치시키는 역할을 수행하기도 했다.

사랑하는 여인

✳ 폴 엘뤼아르

그녀는 내 눈꺼풀 위에 있고
그녀의 머리칼은 내 머리칼 속에
그녀는 내 손과 같은 형태,
그녀는 내 눈과 같은 빛깔,
하늘 위로 사라진 조약돌처럼
그녀는 내 그림자 속에 잠겨 사라진다.

그녀는 언제나 눈을 뜨고 있어
나를 잠 못 이루게 한다.
그녀의 꿈은 눈부신 빛으로 싸여
태양을 증발시키고,
나를 웃게 하고, 울고, 웃게 하고
할 말이 없어도 말하게 한다.

폴 엘뤼아르 (1895~1952)
프랑스 시인
대표작 〈대중의 장미〉〈고통의 수도〉〈풍요로운 눈〉외 다수
전후 루이 아라공, 앙드레 브르통 등과 쉬르레알리즘 운동에 중요한 역할을 수행하였
으며 스페인 내전 때 인민 전선에 참가하여 레지스탕스로 활약하였다.

사랑,
모든 감각 속에서 지켜지는

❋ 토머스 아켐피스

사랑,
그 존재 하나만으로도 세상의 모든 짐을 가볍게 해주는
최상의 선

내 사랑을 지켜보네, 잠들 때까지
나 피곤하여도 지치지 않으며
불편할지언정 강요받진 않네.

사랑,
그것은 절실하고 부드럽고 강하며
충실하고 신중하고 오래 참으며 용감하네.

사랑은 용의주도하며 겸허하고
올바르며 지치지 않고
변덕스럽지 않고 헛되지 않으며
침착하고 순결하고 확고하고 조용하며
모든 감각 속에서 지켜진다네.

토마스 아켐피스 (1380~1471)

독일 성직자

그리스도교 문학에서 성서 다음으로 가장 큰 영향을 미친 것으로 여겨지는 신앙서
〈그리스도를 본받아〉의 저자로 추측된다.

서로에게 이야기해요

※ 빅토르 위고

사랑은 우리에게
우리들의 아주 작은 슬픔이나
하찮은 즐거움까지도
서로 이야기하게 합니다.

그렇게 서로 속마음을 터놓을 때
더할 나위 없이 절묘한 친밀감이 생긴답니다.
그것은 사랑의 권리이기도 하고
의미이기도 하답니다.

빅토르 위고 (1802~1885)
프랑스 소설가. 시인
대표작 〈노틀담의 꼽추〉 〈레 미제라블〉 외
프랑스의 낭만파 시인, 소설가 겸 극작가. 낭만주의자들이 '세나클(클럽)'을 이루었
다. 소설에는 불후의 걸작으로 꼽히고 있는 〈노트르담 드 파리〉가 있다. 그가 죽자
국민적인 대시인으로 추앙되어 국장으로 장례가 치러지고 판테온에 묻혔다.

미아, 내 사랑

✷ 루벤 다리오

미아,
네 이름 아름답다.
미아, 태양빛
미아, 장미와 불꽃

내 영혼 위에
향기를 보낸다.
넌 날 사랑한다.
오, 미아!

미아, 그대는
여자인 너와
남자인 나를 녹여서
두 개의 동상을 만드네.

외로운 너 외로운 나
목숨이 남아 있는 한
사랑하리.
오, 미아!

루벤 다리오 (1867~1916)
니카라과 시인
대표작 〈통속적인 노래〉 〈삶과 희망의 노래〉
시적 감각, 그 시가 풍기는 리듬과 조화, 주제 선택의 묘(妙) 등 현대 서정시의 최고
시인이라 불러도 손색이 없으며 금세기 에스파냐어의 시는 그의 존재를 무시하고는
생각할 수도 없다.

오, 사랑이여

※ 프란시스 카르코

사랑하는 사람아,
그대는 어느 곳에 있는가.
내 시 속에 말고 또 어디에 있는가.
지금은 겨울, 겨울에 묻어오는
어둡고 기나긴 내 슬픔이여.

바람이 불어올 때마다
아카시아 나뭇가지들이 마구 흔들리는데
그대는 속옷마저 벗은 알몸으로 불가에서
불을 쬐고 있구나.

창문으로 비 들이치는데
타는 장작을 바라보며 나는 휘파람을 불고
유리창 안에 아직 채 일어나지 않은
희뿌연 아침을 기다리고 있다.

프란시스 카르코 (1886~1958)
프랑스 소설가, 시인
시집 《방랑 생활과 나의 마음》으로 문단에 등장. 소설은 처녀작 《거리의 여인 예수》
이래 환경소설을 썼다. 살인자를 주인공으로 하는 《몰린 사나이》로 아카데미 소설 대
상을 탔다. 소설 외에 비용의 생애를 그린 《비용 이야기》, 미술평론 《브라망크》, 《위
트릴로》 등이 있다.

사랑의 철학

❋ P. B. 셀리

샘물이 모여서 강물이 되고
강물이 모여서 바다가 된다.
하늘의 바람은 영원히
달콤한 파도와 하나가 된다.

세상에 외톨이인 것은 하나도 없으며
만물은 하늘의 법칙에 따라
서로 다른 것과 어우러지는데
어찌 나는 그대와 하나가 되지 못하는가.

보라! 산은 높은 하늘에 입 맞추고
물결은 서로 껴안고
달빛은 바다에 입맞춤한다.
이런 모든 입맞춤이 무슨 소용 있으랴.
그대가 내게 입맞춤해 주지 않는다면.

P. B. 셀리 (1792~1822)
영국 시인
대표작 〈사슬에서 풀린 프로메테우스〉 〈종달새에게〉 〈구름〉
이 시를 통해 경계와 경계 사이에 존재하는 이질적 사물과 사람이 섞여 하나가 되는
과정을 노래했다.

선물

❋ 사라 티즈데일

나는 첫사랑에게 웃음을 주었고,
둘째 사랑에게는 눈물을 주었다.
셋째 사랑에게는 아주 오랫동안
깊고 깊은 침묵을 선물하였다.

내게 첫사랑은 노래를 주었고,
내게 둘째 사랑은 눈을 주었다.
오, 그러나 나의 셋째 사랑은
내게 나의 영혼을 선물하였다.

사라 티즈데일 (1884~1933)
미국 여류시인
섬세하고 감미로운 서정시로 유명하다. 대표작으로 〈두스에게 보내는 소네트〉, 〈사
랑의 노래〉 등이 있다.

사랑을 물으신다면

✳ 에이킨

머리 위로 파란 가을 하늘이 드리우고
낙엽들 하나둘씩 떨어질 때 말해주세요.
우리가 왜 사랑에 빠지는지,
사랑이 무엇을 줄 수 있는지,
다시 말해주세요.

우리 둘 사이로 떨어지는 낙엽.
나지막이 울려 퍼지는 종소리.
스쳐 지나는 그림자, 희미한 가을 햇살,
이 모든 것이 사랑이에요.

내가 키스를 하려고 몸을 기울일 때
그대가 딴 생각을 하고 있음을
내가 눈치 챘을 때
나는 그대를 미워할 수 있어요.
이런 것이 바로 사랑이지요.

서로를 응시하는 눈동자나
마주 닿는 입술보다도
돌과 만나는 돌이
더 수많은 사랑을 알고 있지요.
우리가 아는 사랑이란 모두
쓰디쓴 것뿐이지요.

그래도 사랑의 기쁨에 비하면
정말 아무것도 아니에요.

에이킨 (1889~1973)
미국의 시인. 소설가
내성적이며 음악적 운율을 살린 서정시를 썼으며 작품집 〈시선집〉이 대표작이다.

사랑하는 사람과 가까이

※ 괴테

희미한 햇빛, 바다에서 비쳐올 때
나 그대 생각하노라.
달빛 휘영청 샘물에 번질 때
나 그대 생각하노라.

길 저 멀리 뽀얀 먼지 일 때
나 그대 모습 보노라.
이슥한 밤 오솔길에 나그네 몸 떨 때
나 그대 모습 보노라.

물결 높아 파도 소리 무딜 때
나 그대 소리 듣노라.
자주 고요한 숲속 침묵의 경계를 거닐며
나 귀 기울이노라.

나 그대 곁에 있노라,
멀리 떨어져 있지만
그대 내 가까이 있으니.
해 저물면 별아,
날 위해 곧 반짝여라.
오, 그대 여기 있다면.

처음으로 사랑하는 사람은

※ H. 하이네

처음으로 사랑하는 사람은
비록 불행하다 해도 신이라네.

하지만 불행한 사랑을
두 번씩 하는 사람은 바보라네.

나는 그러한 바보, 사랑받지도 못한 채,
또다시 사랑에 빠졌네.

해와 달과 별들이 깔깔대고 웃네.
나도 따라 웃으며 죽어간다네.

H. 하이네 (1797~1856)
독일 시인
대표작 〈노래의 책〉〈독일, 겨울이야기〉 외 다수
낭만적 서정시인인 동시에 이상적 혁명주의자였다. 꿈과 같은 환상의 세계, 강렬한
주관적 색채, 민요풍의 4행시, 그리고 시적 분위기의 풍자적 파괴로 낭만적 서정시인
의 입지를 확고히 했다.

우리 사랑은

❋ E. 스펜서

어느 날 나는 그녀의 이름을 백사장에 썼으나
파도가 밀려와 씻겨 버리고 말았네.
나는 또다시 그 이름을 모래 위에 썼으나
다시금 내 수고를 삼켜 버리고 말았네.
그녀는 말하기를, 우쭐대는 분 헛된 짓 말아요.
언젠가 죽을 운명인데 불멸의 것으로 하지 말아요.
나 자신도 언젠가는 파멸되어 이 모래처럼 되고
내 이름 또한 그처럼 지워지겠지요.

나는 대답하기를, 그렇지 않소.
천한 것은 죽어 흙으로 돌아갈지라도
당신은 명성에 의해 계속 살게 되오리다.
내 노래는 비할 바 없는 당신의 미덕을 길이 전하고
당신의 빛나는 이름을 하늘에 새길 것이오.
아아, 설령 죽음이 온 세계를 다스려도
우리 사랑은 남아 영원한 생명을 얻게 되오리다.

E. 스펜서 (1552(?)~1599)
영국 시인
작품집 〈신선여왕〉이 대표작이다. 현대 독자들에게는 극히 호소력이 적고 소수의 연구자를 제외하고서는 일반 독자의 관점 밖에 서 있는 시인으로 평가받는다.

차라리 침묵하세요

※ 밀란 쿤데라

사랑에 대해서 나에게 말하지 말아요.
마치 벌레가 나무를 갉아먹듯
난 그대의 말 한 마디 한 마디를 듣고 있어요.
사랑해요, 사랑해요, 사랑해요....

난 알아요.
당신의 심장이 다른 연인의 곱슬머리로
칭칭 감겨있음을.
그것이 저의 머리카락이라고 둘러대지 말아요.
난 믿지 않아요, 당신의 말은.

그대의 말은 항상
갈대숲과도 같아요.
당신은 모자를 눌러쓰고
코트에 얼굴을 파묻은 채
서둘러 그 뒤로 숨어 버리곤 하지요.
하지만 난 당신을 보고 있어요.
그 말 뒤에 숨어 있는
당신을 보고 있어요.

난 알고 있어요, 그 문을
문 위에 새겨진 그 이름을
당신의 온몸을 떨리게 만드는
그 열정의 온도를 난 느낄 수 있어요.

난 보고 있어요.
두리번거리는 당신의 두 눈을.
부끄러움에 가득 찬 겁먹은 두 눈을.

처음에 그대는 벙어리였지요.
마치 한 마리 작은 아기 곰처럼
사랑에 대해선 말하지 않았지요.
그대는 사랑 그 자체였으니까요.

아, 나의 연인
내 사랑
제발 이젠 침묵하세요.

밀란 쿤데라 (1929~현재)
체코 시인, 소설가
대표작 〈참을 수 없는 존재의 가벼움〉〈농담〉〈생은 다른 곳에〉 등
체코슬로바키아 브르노에서 태어났다. 그러나 체코가 소련군에 점령당한 후 시민권
을 박탈당해, 프랑스로 망명하였다. 이후 1989년 체코 민주화 이후 본국으로 임시 귀
국했다.

내 사랑아

※ 윌리엄 버틀러 예이츠

내 사랑, 나의 사랑아
나는 누구보다 더 잘 알고 있지.
무엇이 그대의 가슴을 그토록 뛰게 하는지.
그대의 어머니조차도 나만큼은 모르리.

그 열렬한 생각이
그녀를 부인하고 잊어버렸지만
그녀의 피를 온통 들끓게 하고
그녀의 눈을 반짝이게 할 때
그녀 때문에 내 마음 아프게 했던 게
누구인지를.

윌리엄 버틀러 예이츠 (1865~1939)
아일랜드 시인. 극작가
대표작 〈환상〉 〈게서린 백작부인〉 〈비밀의 장미〉 등
1923년에 노벨문학상을 수상하였다. 독자적 신화로 자연(자아)의 세계와 자연 부정
(예술)의 세계의 상극을 극복하려 노력했다. 그는 시초부터 자연보다 우월한 것으로
서의 예술의 세계를 믿어 왔다. 그의 후기의 고투는 이 자연(자아)의 세계와 자연 부
정(예술)의 세계의 상극을 극복하는 고뇌라 해도 무방할 것이다.

어떻게 사랑하게 되었느냐 묻기에

※ G. G. 바이런

저를 어떻게 사랑하게 되었나요?
아, 그것을 내게 묻다니 참으로 가혹하군요.
그 많은 눈길을 읽으시고도
그대를 바라볼 때 나의 인생은 시작된답니다.

우리 사랑의 종말을 알고 싶으신가요?
미래가 두려워서 마음은 제자리이지만
사랑은 끝없는 슬픔의 끝을 헤매며
내 삶이 끝나는 그날까지 살아가게 될 거예요.

G. G. 바이런 (1788~1824) 영국 시인
작품집 〈게으른 나날〉 〈차일드 해럴드의 편력〉 〈아바이도스의 신부〉 등
낭만주의의 대표적 인물로 꼽힌다. 귀족 출신이며, 후에 6대째의 바이런 경이 된다.
케임브리지 대학에 들어가 방탕하기 그지없는 생활을 하면서도 역사서 · 문학서를
탐독, 자신이 시를 지어 〈게으른 나날〉(1807)이라고 세상에 내놓았다. 일찍부터 동경
하던 근동으로 출발, 그리스와 터키 등을 여행하기를 2년, 귀국하여 〈차일드 해럴드
의 편력〉(1812)를 발표해 문명을 떨쳤다.

그대는 얼음

❋ 스티븐 스펜더

그대가 얼음이면 나는 불

뜨거운 내 사랑에도 그대 얼음 녹지 않네.

어찌 된 까닭일까.

더워지는 내 사랑에

그대 얼음이 더욱 차가워짐은

끓는 듯 뜨거운 내 사랑이

심장마저 얼게 하는 그대 얼음에 식지 않고

더욱더 끓어올라 불길이 더욱 높아짐은

만물을 녹일 불이 얼음을 더욱 얼게 하고

뼈까지 얼리는 아픔

타는 불의 기름 되니

또다시 있으랴 이보다 더 이상한 일

사랑은 무슨 힘이기에 천성마저 바꾸는가.

스티븐 스펜더 (1909~1995)

영국 시인. 평론가

대표작 〈어느 판사의 재판〉 〈전시집〉 외 다수

1930년대에 정치적으로 양심의 가책을 받고 있던 당시 좌파를 표현한 시로 명성을 얻었다. 시극 〈어느 판사의 재판〉(1938)에서는 사회적 양심과 현대 지식인의 내면의 갈등을 표현한 것이다. 1983년 기사작위를 받았다.

사랑의 비밀

※ 이반 투르게네프

꽃망울이 터지는 순간을 기다려 보았는가.
굳게 다문 꽃잎들 눈에 보이지 않게
시나브로 부풀어 오르고 펼쳐져
활짝 만개하는 그 황홀한 순간,
그 순간을 기다려 보았는가.

하지만 우린 번번이 때를 놓친다.
꽃은 제 스스로 피어나는 그 은밀한 순간을
다른 이에게 결코 들키지 않으므로
기다리고 기다리다 잠깐 한눈파는 순간
꽃은 이미 해해대며 피어 있다.

아무도 보지 못할 때만
꽃은 불꽃처럼 찬란히 모습을 드러낸다.
그 누구도 모르는 순간,
그러나 돌아보면 본시 그랬던 것처럼 거기 피어 있으니
그것은 꽃들의 비밀
또한 그대 자그마한 사랑의 비밀.

이반 투르게네프 (1818~1883)

러시아 소설가. 시인

대표작 〈사냥꾼의 수기〉〈아버지와 아들〉 등 다수

아름다운 문체로 인간 내면의 미묘한 심리를 포착해내는 데 탁월했던 19세기 러시아
의 위대한 사실주의 작가이다.

너에게로 다시 돌아오리라

※ 로버트 번즈

오, 내 사랑은 6월에 갓 피어난
붉고 붉은 한 송이 장미
오, 내 사랑은 아름다운 선율
곡조에 맞춰 달콤하게 흐르는 가락

나의 귀여운 소녀여,
그대는 정녕 아름답구나.
나 이토록 깊이 너를 사랑하노니
바닷물이 다 말라버릴 때까지
한결같이 그대만을 사랑하리라.

바닷물이 모두 말라버릴 때까지
바위가 햇볕에 녹아 스러질 때까지
인생의 모래알이 다하는 그날까지
한결같이 그대만을 사랑하리라.

그럼 안녕, 하나뿐인 사랑아
우리 잠시 헤어져 있을 동안만
수백, 수만 리 떨어져 있다 해도
나는 다시 너에게로 돌아오리라.

로버트 번즈 (1759~1796) 영국 시인

대표작 〈샌터의 탬〉 〈빨갛고 빨간 장미〉 〈호밀밭에서〉등 다수
18세기 잉글랜드 고전 취미의 영향에서 벗어나 스코틀랜드 서민의 소박하고 순수한
감정을 표현했다.

사랑의 되뇌임

※ 엘리자베스 브라우닝

사랑한다고 다시 한 번 들려주세요.
다시 한 번 그 말을 되뇌면
그대에겐 뻐꾸기 울음처럼 들리겠지만,

기억해 두세요. 뻐꾸기 울음 없이는 결코
상큼한 봄이 연록빛 치장을 하고
산과 들에, 계곡과 숲에 찾아오지 않아요.

온갖 별들이 제각기 하늘을 수놓는다 해도
너무 많다고 불평할 사람이 어디 있겠어요?

온갖 꽃들이 저마다 사철을 장식한다 해도
너무 많다고 불평할 사람이 어디 있겠어요?

사랑해, 사랑해, 사랑해
그 달콤한 말을 속삭여 주세요.

엘리자베스 브라우닝 (1806~1861)
영국 여류시인
대표작 〈포르투갈인으로부터의 소네트〉 〈오로라 리〉 등 다수
남편인 로버트 브라우닝에 대한 사랑을 솔직하게 표현한 시로 먼저 시단에서 인정받
은 시인이었다.

이 사랑

※ 자크 프레베르

이 사랑은
이토록 격렬하고
이토록 연약하고
이토록 부드럽고
이토록 절망한
이 사랑은

대낮처럼 아름답고
나쁜 날씨에는 나쁜 날씨처럼 나쁜
이토록 진실한 이 사랑은
이토록 아름다운 이 사랑은

이토록 행복하고
이토록 즐겁고
이토록 덧없어
어둠 속의 어린애처럼
무서움에 떨지만
한밤에도 침착한 어른처럼
이토록 자신 있는 이 사랑은

다른 이들을 두렵게 하고
다른 이들의 입을 열게 하고
다른 이들을 질리게 하던 이 사랑은

우리가 그네들을 숨어 보았기에
염탐당한 이 사랑은

우리가 그를 쫓고 상처 입히고 짓밟고 죽이고
부정하고 잊어버렸기 때문에
쫓기고 상처 받고 짓밟히고 살해되고
부정되고 잊혀진 이 사랑은

아직 이토록 생생하고
이토록 빛나니
이것은 너의 사랑
이것은 나의 사랑

언제나 새로웠던 그것은
한 번도 변함없던 사랑

한 포기 풀처럼 진실하고
한 마리 새처럼 가녀리고
여름처럼 뜨겁고 생명에 차

우린 둘이 서로
오고 갈 수 있고
우린 잊을 수 있고
우린 또 잠들 수 있고
잠에서 깨어 고통을 겪으며 늙을 수 있고
우린 다시 잠들어
죽음을 꿈꾸고
우린 눈을 떠 미소 짓고 웃음을 터뜨리고
다시 젊어질 수 있지만

우리들 사랑은 거기 그대로
바보처럼 고집스럽게
욕망처럼 피어오르며

기억처럼 잔인하고
회한처럼 어리석고
대리석처럼 싸늘하고
대낮처럼 아름답고
어린애처럼 연약하게
미소 지으며 우리를 바라본다

아무 말 없이도 우리에게 말한다
난 몸을 떨며 귀를 기울인다

난 외친다
너를 위해 외친다
나를 위해 외친다
난 네게 애원한다

너를 위해 나를 위해
서로 사랑하는 모든 이를 위해
그래 난 외친다
너를 위해 나를 위해
내가 모르는 다른 모든 이를 위해

거기에 있어다오
네가 있는 거기에
옛날에 있던 바로 거기에
거기에 있어다오

움직이지 말아다오
떠나지 말아다오
사랑받은 우린
너를 잊었지만
넌 우리를 잊지말아다오

우리에겐 세상에 오직 너뿐
우리를 싸늘히 식도록 내버리지 말아다오

아주 먼 곳에서라도 언제나
또 어느 곳에서든
우리에게 생명의 신호를 보내다오

아주 오랜 훗날 어느 숲 모퉁이에서
기억의 숲 속에서
문득 솟아나
우리에게 손을 내밀어
우리를 구원해다오

자크 프레베르 (1900~1977) 프랑스 시인
대표작 〈파롤〉 〈스펙터클〉 등
초현실주의 작가 그룹에 속해 활약했다. 초기의 시에는 초현실주의의 흔적이 엿보이
며 상송풍의 후기 작품에는 풍자와 소박한 인간애가 평이하고 친근감 있는 풍이 특
징이다.

진정으로 사랑한다는 것은

※ 라스커 쉴러

진정으로
사랑한다는 것은

이별을
눈물로써 대신하는 것이
절대로 아닙니다

곁에 있던 사람이
먼 길을 떠나는 순간

사랑의 가능성이
모두 사라져 간다 할지라도
그대 가슴속에 남겨진 그 사랑을 간직하면서
사랑하는 마음을 버리지 않는 것이

진정으로
사랑하는 것입니다

라스커 쉴러 (1876~1945)
독일의 여류시인. 독일의 서정시에 고대적이며 또한 현대적인 새로운 표현 형식을 추가한 그녀는 자신의 경험과 체험을 시와 산문으로 승화시켰다. 〈시집〉 〈나의 푸른 피아노〉등의 시집과 산문 〈나의 마음〉 〈부퍼 강〉 〈아르투르 아로니무스와 그의 선조들〉 등이 있다.

지금 이 순간

※ 피터 맥 윌리엄스

그대에 대한 나의 사랑을
글로는 이루 다 표현할 길이 없다네
적절한 어휘와 구절들을
찾을 길이 없네

나는 분별력을 잃어버렸네
그대를 만난 이후로는
그저 모든 것이 행복에 겨워

사랑하기 때문에 그대를 원하는지, 아니면
그대를 원하기에 사랑하는 것인지
알 길이 없네

다만 내가 알고 있는 것은
그대와 같이 있기를 좋아하고
그대를 생각하면 행복해진다는 것
지금 이 순간 내 사랑은
그대와 함께 있네

피터 맥 윌리엄스
시인이자 출판인.

에이즈와 비호지킨 림프종을 앓다가 이른 나이에 세상을 떠났다. 그는 큰 고통을 겪으면서도 의료 목적을 위한 마리화나의 합법화를 위해 죽음 직전까지 세상과 싸웠으며, 홈페이지에 자신의 시를 모두 공개해 좀 더 많은 사람들이 읽고 공감해 힘을 얻기를 바랐다.

그대와 함께 있다면

※ 로버트 번즈

저 너머 초원에, 저 너머 초원에
찬바람 그대에게 불어온다면
나 그대 감싸 안으리, 나 그대 감싸 안으리
또한 불행의 풍파가
그대에게 몰아친다면, 그대에게 몰아친다면
내 가슴 그대의 안식처 되어
모든 괴로움 함께 하리, 모든 괴로움 함께 하리

어둡고 황량한, 어둡고 황량한
거칠디 거친 황야에 있다 해도
그대 함께 있다면, 그대 함께 있다면
사막도 나에겐 낙원이리
나 또한 이 세상의 군주 되어
그대 함께 다스린다면, 그대 함께 다스린다면
내 왕관보다 빛날 보석은
나의 왕비이리
나의 왕비이리

로버트 번즈 (1759~1796) 영국 시인

대표작 〈샌터의 탬〉 〈빨갛고 빨간 장미〉 〈호밀밭에서〉등 다수

18세기 잉글랜드 고전 취미의 영향에서 벗어나 스코틀랜드 서민의 소박하고 순수한
감정을 표현했다.

그대를 사랑하기에

☀ 헤르만 헤세

그대를 사랑하기에
나는 그대에게 속삭였지요
그대가 나를 영원히 잊지 못하도록
그대 마음을 따왔지요

그대의 마음은 나와 함께 있으니
좋든 싫든 오로지 내 것이랍니다
설레며 불타오르는 내 사랑
어떤 천사라 해도 그대를 빼앗진 못해요

헤르만 헤세 (1877~1962) 독일 시인. 소설가
대표작 〈수레바퀴 밑에서〉 〈유리알 유희〉 〈데미안〉 등 다수
단편집·시집·우화집·여행기·평론·수상(隨想)·서한집 등 다수의 간행물을 썼다.
일찍이 오로지 시인이 되리라 결심했던 헤세는 평생 시인의 열정을 간직한 작가이자
꽃과 나비와 자연을 사랑했던 방랑자이기도 했다.

사랑의 노래

✸ 베르톨트 브레히트

당신이 기쁘게 해주실 때면
저는 이따금 생각해요
이제 죽어도 좋겠노라고
이 목숨 끝까지
행복하게 살 거라구요.

먼 훗날 당신이 늙으면
그리하여 나를 생각하면
나는 지금과 같은 모습이겠지요
아직도 젊은 여인을
당신은 여전히 간직하실 테지요.

베르톨트 브레히트 (1898~1956)
독일 시인. 극작가
대표작 〈서푼짜리 오페라〉 〈제3제국의 공포와 비참〉 〈배짱 좋은 엄마와 아이들〉 등
제1차 세계대전 중에 위생병으로 육군병원에서 근무하였고 반전적이며 비사회적 경
향을 보였다. 제대군인의 혁명 체험의 좌절을 묘사한 〈밤의 북소리〉(1922)로 클라이
스트상을 수상하였다.

연인에게로 가는 길

※ 헤르만 헤세

새로운 하루가 밝아오고
세상은 이슬에 취하여 반짝인다
금빛으로 그를 싸안아 주는
생생한 빛을 향하여

나는 숲 속을 걸어
빠르게 밝아오는 아침과 발을 맞추어
열심히 걸음을 재촉한다
아침이 나를 아우처럼 동행 시킨다

누런 보리밭에 뜨겁게 드리운 대낮이
쉼 없이 길을 재촉하는
나를 바라보고 있다

저녁이 오면
나는 목적지에 닿으리라
한낮의 뜨거움으로 내 사랑아
너의 가슴에서 티버리리라

세 번의 키스

✳ 엘리자베스 브라우닝

그분이 처음으로 내게 키스했다
이 시를 쓰는 나의 손가락에
그 후로 손은 더욱 희고 깨끗해졌다.

보석반지는 키스보다 너무 천하게 보여
감히 이 손가락에 낄 수가 없다.

두 번째 키스는 첫 번째보다 한결 뜨거웠고
이마를 더듬다가 제대로 맞추지 못해
그만 머리카락에 그분 입술이 닿고 말았다.

그것은 사랑이 신성하고 감미로운 손길로
자기 왕관을 씌워 주면서 이마에 발라주는
거룩한 기름이었다.

세 번째 키스는 내 입술에 어김없이
무척이나 정중하게 내려앉았다
그 후 내내 나는 참으로 긍지에 가득 차서 응답했다.

사랑에 빠질수록 혼자가 되어라

❋ 릴케

사랑에 빠진 사람은
혼자 지내는 데 익숙해야 한다.
사랑이라고 불리는 그것
두 사람의 것이라고 보이는 그것은 사실
홀로 따로 따로 있어야만 비로소 충분히 전개되어
마침내는 완성될 수 있는 것이기에.
사랑이 오직 자기 감정 속에 들어 있는 사람은
사랑이 자기를 연마하는 일과가 되네.
서로에게 부담스런 짐이 되지 않으며
그 거리에서 끊임없이 자유로울 수 있는 것.
사랑에 빠질수록 혼자가 되어라.
두 사람이 겪으려 하지 말고
오로지 혼자가 되어라.

릴케 (1875~1926)
독일 시인
대표작 〈두이노의 비가〉 〈오르페우스에게 부치는 소네트〉 〈말테의 수기〉 등
실존주의 사상의 시적 대표자다. 초기에는 인상주의의 영향을 강하게 받았지만, 만년
에는 두드러질 정도로 명상적 · 신비적으로 되었다. 섬세한 감수성으로 근대 사회의
모순을 깊이 번뇌, 고독 · 불안 · 죽음 · 사랑 · 초월자 등의 문제에 관하여 깊이 있는
감정으로 많은 시를 지었다.

노르웨이 숲

※ 폴 발레리

서로 사랑한
우리는
나란히 길을 걸어가며
세상에서 가장 순수한 것을
생각했지요.

우리는
이름 모를 꽃 사이로
한 마디 말도 없이 다정히 걸어가며
시나브로, 떨리는 손을
처음으로 마주 잡았지요.

우리는 마치
사랑의 맹세를 하는 연인처럼
아름다운 숲길을 끝없이 걸었지요.

이렇게 아름다운 숲이
우리를 위해
존재한다는 것만으로도
행복에 겨운 우리는
흐르는 눈물을 참을 수가 없었지요.

그리고 우리는
그 숲길의 어느 한 곳에
조용히 죽어 있었지요.

아득히 먼
기억들 속으로 빛과 어둠이
서로 교차하며 멀어져가는 듯
아주 은밀한 속삭임으로
아름다운 숲 그늘 아래에
우리는 죽어 있었지요.

저 하늘 위에서
끝없이 쏟아지는 빛의 찬사에
우리는 눈물을 흘리며
두 손을 마주 잡고 누워 있었지요.

오, 아름다운 나의 사랑이여!

폴 발레리 (1871~1945)
프랑스 시인. 사상가
대표작 〈구시첩〉〈젊은 파르크〉〈매혹〉등 다수
제대 후 작품을 쓰기 시작해 〈나르시스는 말한다〉 등 나중에 〈구시첩〉(1920)에 수록
되는 다수의 작품을 썼다.

그대는

※ 너대니얼 호손

그대는
이 세상에서
내게 필요했던
유일한 사람입니다.

너대니얼 호손 (1804~1864) 미국 작가
대표작 〈주홍글씨〉
소설가. 청교도적인 모티프를 통해 수많은 단편을 썼다.

사랑의 책

❋ 괴테

책 중에
가장 오묘한 책
사랑의 책을
나는 차분히 읽어 내려갔습니다.

기쁨을 말하는 페이지는 적었고
한 권을 읽는 동안
괴로움만 계속되었습니다.

이별은 특별히
한 장을 차지하고 있었습니다.
재회에 대해서는
아주 짧은 단문으로 말하고 있었습니다.

그리고 고뇌는
전편에 걸쳐 설명이 붙어 있었고
끊임없이 이어졌습니다.

오오, 시인이여!
마침내 그대는 정답을 찾았군요.

우리가 영원히 풀 수 없었던
그 문제는
다시 만나 사랑하는 사람들이
풀어야 한다는 것을 말입니다.

운명의 칼날에 이를 때까지

※ W. 셰익스피어

진실된 마음의 사랑 앞에
장애물을 놓지 마라
감추는 무엇이 발견되었을 때 변하는 사랑이라면
그것은 사랑이 아니라네.

사랑은 영원히 고정된 하나의 표적
사나운 비바람에도 흔들리지 않는 바위
방황하는 모든 배들에게 밤하늘의 별과 같은 것
그 높이는 알 수 있어도
그 가치의 깊이는 정녕 알 수 없어라.

사랑은 세월의 어릿광대가 아니라네
장밋빛 입술과 뺨이 자신의 굽어진 낫에 베일지라도
사랑은 짧은 몇 시간, 몇 주 사이에 변하지 않으리니
운명의 칼날에 이를 때까지
사랑은 지지를 얻는다.

만일 이것이 틀리고
또 틀린 것이 입증된다면
나는 결코 이렇게 쓰지 않았을 것이요,
지금까지 사랑을 한 사람이라곤
아무도 없었을 것이네.

W. 셰익스피어(1564~1616)
영국 극작가
대표작 〈로미오와 줄리엣〉 〈베니스의 상인〉 〈햄릿〉 〈맥베스〉 등 다수
영국이 낳은 세계 최고 극작가로서, 희·비극을 포함한 37편의 희곡과 여러 권의 시집
및 소네트집이 있다.

사랑

※ 장 콕토

사랑한다는 것
그것은 바로 사랑받는다는 것이니
한 존재로 불안에 떨게 하는 것.

언젠가는 상대방에게 가장 소중한
존재가 될 수 없다는 그것이
바로 우리의 고민이다.

장 콕토 (1889~1963) 프랑스 시인
대표작 〈희망봉〉〈포에지〉〈무서운 아이들〉 등 다수
다방면에 이른 활동을 겸하며 문단과 예술계에 물의를 일으키기도 하였다. 그러나 시야말로 모든 예술 활동에 있어서 으뜸가는 것이 되어야 한다고 생각한 그는, 소설이 아니라 '소설의 시'를 쓰고, 비평이 아니라 '비평적인 시'를 쓰고, 희곡이 아니라 '극시'를 썼다.

당신을 어떻게 사랑하느냐구요?

✷ 엘리자베스 브라우닝

당신을 어떻게 사랑하느냐구요?
한번 헤아려보죠.
비록 그 빛 안 보여도 존재의 꿈과
영원한 영광에 내 영혼 이를 수 있는,
그 도달할 수 있는 곳까지 사랑합니다.

태양 밑에서나, 혹은 촛불 아래에서
하루하루의 얇은 경계까지도 사랑합니다.
권리를 주장하듯 자유롭게 당신을 사랑합니다.

칭찬에 몸 둘 바를 몰라 돌아서듯
순수하게 당신을 사랑합니다.
옛 슬픔에 쏟았던 정열로써 사랑하고
잃은 줄로만 여겼던
사랑의 불로 당신을 사랑합니다.

내 한평생의 숨결과 미소와 눈물로써 당신을 사랑합니다.
신의 부름을 받는다면
죽어서라도 더욱 당신을 사랑하겠습니다.

연인들

※ 옥타비오 파스

풀밭에 누워서
처녀 하나, 청년 하나
밀감을 먹는다
입술을 나눈다
파도와 파도가 거품을 나누듯이

해변에 누워서
처녀 하나, 청년 하나
레몬을 먹는다
입술을 나눈다
구름과 구름이 거품을 나누듯이

땅에 누워서
처녀 하나, 청년 하나
말이 없다
입맞춤을 한다
침묵과 침묵을 나눈다

옥타비오 파스 (1914~1998)

멕시코 시인. 비평가. 외교관
대표작 〈격렬한 계절〉〈동사면〉 등
외교관으로 세계 각지를 다니며 시작(詩作)에 열중하였고 파리에서 쉬르리얼리즘운
동에 참여하기도 하였다.

사랑이라는 말보다
더 당신을 사랑합니다

✽ 수잔 폴리스 슈츠

당신을 향한 나의 마음은
어떤 말로도 표현할 수 없습니다.
지금까지 내 마음을 설레게 했던 그 어떤 느낌보다도
당신을 향한 내 마음을
어떤 말이나 글로 표현한다는 것은
스스로도 감당할 수 없는
너무나도 깊은 감정이기 때문입니다.

이 신비로운 느낌을 나로선 어떻게
설명할 수가 없습니다.

당신과 함께 있을 때 나는
맑고 푸른 하늘을 자유롭게 나는 한 마리 새였습니다.
내 인생의 꽃잎을 활짝 피우는 한 떨기 꽃이었습니다.
내 본연의 색채를 자랑스럽게 보여줄 수 있는
폭풍우 뒤의 무지개였습니다.

당신과 함께 있을 때
이 세상 모든 아름다움이 나의 주위를 감싸줍니다.

당신과 함께 있을 때
내가 느낄 수 있는 모든 신비로움 중에서
가장 미미하게 느껴지는 사랑이라는 단어는
당신을 향한 나의 깊고 진실된 마음을
설명하기 위해서 존재할지는 모르지만

내겐 충분할 만큼 강렬하지 않고는 도저히
내 마음을 표현할 수 없어
수천 번이라도 말하게 해주세요.

당신을
사랑이라는 말보다 더 사랑하고 있습니다, 라고.

수잔 폴리스 슈츠 (1944~현재)
미국 여류시인
대표작 〈아기에게 보내는 사랑〉 〈아들에게 보내는 사랑〉 외

그대여,
사랑해주지 않으시겠습니까

❋ 로버트 브라우닝

그대여,
사랑해주지 않으시겠습니까
그대의 사랑이 계속되는 한
언제까지나 기다리고 있겠습니다

가슴에 꽂아놓은 그대의 꽃은
6월에 꽃을 피운 4월의 씨앗입니다

손에 들고 있던 씨앗을 뿌렸습니다
하나 둘 싹이 트고 꽃이 피는 것은
사랑이라는 것

아니 사랑과 비슷한 것
당신은 결코 버리지 않을 것이라고 믿었습니다

사랑을
죽음을
바라보십시오

무덤에 꽂아놓은 한 송이 제비꽃
당신의 눈짓 한 번이
천만 번의 괴로움을 씻어주고 있다는 것을...

죽음이란 아무것도 아니랍니다
그대여,
사랑해주지 않으시겠습니까

로버트 브라우닝 (1812~1889)
영국 시인대표작 〈리포 리피 신부〉〈안드레아 델 사르토〉〈반지와 책〉 등
영국 빅토리아조를 대표하는 시인. 상대방을 의식하면서 독백하는 형식인 극적 독백
의 수법으로〈리포 리피 신부〉〈안드레아 델 사르토〉 등 명작을 남겼다. 또 2만 행이
넘는 대작 〈반지와 책〉을 완성했다.

내 눈을 감겨 주오

※ 릴케

내 눈을 감겨 주오
그래도 나는 그대 모습을 볼 수 있다오

내 귀를 막아 주오
그래도 나는 그대 목소리를 들을 수 있다오

발이 없어도 그대에게 갈 수 있고
입이 없어도 그대에게 애원할 수 있다오

내 팔을 꺾어 주오
그래도 나는 그대를 안을 수 있다오

손으로 안듯이 심장으로 안을 수 있다오
내 심장을 멎게 해 주오

그래도 나의 피로 그대를 사랑할 수 있다오

90

발자국들

❋ 폴 발레리

그대 발자국들이
성스럽게, 천천히
내 조용한 침실을 향하여
다가오고 있네

순수한 사랑이여
신성한 그림자여
숨죽이듯 그대 발걸음 소리는 정말 감미롭구나

신이여!
분간할 수 있는 나의 모든 재능은
맨발인 채로 나에게 다가온다오

내밀어진 너의 입술로
일상의 내 상념을 진정시키려
타오르는 입맞춤을 미리 준비한다 하여도
있음과 없음의 부드러움
그 애정의 행위를 서둘지 마오

나는 기다림으로 살아왔으며
내 마음은 그대 발자국일 뿐이오

그대를 처음 본 순간

※ 칼릴 지브란

그 깊은 떨림
그 벅찬 깨달음
그토록 익숙하고
그토록 가까운 느낌
그대를 처음 본 순간 시작되었습니다

지금까지 그날의 떨림은 생생합니다
오히려 천 배나 더 깊고
천 배나 더 애틋해졌지요
나는 그대를 영원히 사랑하겠습니다

이 육신을 타고나
그대를 만나기 훨씬 전부터
나는 그대를 사랑하고 있었나 봅니다
그대를 처음 본 순간 알아버렸습니다

운명
우리 둘은 이렇게 하나이며
그 무엇도 우리를 갈라놓을 수는 없습니다

칼릴 지브란 (1831~1931)
레바논 철학자. 화가. 시인
대표작 〈예언자〉〈모래. 물거품〉〈방랑자〉〈부러진 날개〉 등 다수
예술활동에만 전념하면서 인류의 평화와 화합, 레바논의 종교적 단합을 호소했다.

사랑

※ 안나 드 노아유

동이 틀 무렵부터
땅 그리고 물 위에 떠 있던 사랑이여,
풀과 연못 속에서 새와 고기들을 자극하는 너.

움직이는 숲 속에 나무 껍질 밑
수액(樹液)을 흔들어 놓고,
그리고 억센 시간엔
복종(服從)과 힘을 연결하는 너.

선과 악의 그 너머
야광(夜光)에 비치는 가슴에 가져오렴,
짐승 같은 눈꺼풀의 사랑이여.
오, 영혼들과 피의 신이여

안나 드 노아유 (1876~1933)
프랑스의 여류시인으로 주로 관능적 향락, 불안, 우수가 담긴 시를 썼다.
주요 저서로는 〈헤아릴 수 없는 마음〉 〈나날의 그림자〉 〈생자와 사자〉 〈고통이라는
명예〉 등이 있다.

밤에 오세요

※ 라스커 쉴러

밤에 오세요
우리 서로 꼭 껴안고 잠들어요
난 외로운 불면증 환자
이름 모를 새는 새벽에 벌써 울었죠
내 꿈이 꿈과 함께 뒹굴고 있을 때

꽃들은 모든 우물가에서 피어나고
세상은 그대 눈빛으로 물든답니다

밤에 오세요
고운 신 신고 사랑에 감싸여
느지막이 나의 지붕으로
그러면 뿌연 하늘에 달이 떠올라요

우리는 두 마리의 들짐승처럼
세상의 뒤편
갈대밭 속에서 사랑을 나누어요

라스커 쉴러 (1876~1945)
독일 여류시인. 극작가
대표작 〈명부의 강〉 〈나의 기적〉
현실과 환상이 융합된 메르헨풍의 산문작품과 함께 내면표상에 새 경지를 개척하였
다. 1932년 클라이스트상을 받았다.

연인

✳ 폴 엘뤼아르

그녀는 내 눈 속에 있다
그녀의 머리칼은 내 머리칼 속에
그녀는 내 손의 모양을 가졌다
그녀는 내 눈의 빛깔을 가졌다
그녀는 내 그림자 속에 삼켜진다
마치 하늘에 던져진 돌처럼

그녀의 빛나는 눈동자 속에서
나는 잠들지 못한다
환한 대낮에 그녀의 꿈은
태양을 증발시키고
나를 웃기고, 울리고, 웃기고
별 할 말이 없는데도 말하게 한다

폴 엘뤼아르 (1895~1952)
프랑스 시인
대표작 〈대중의 장미〉〈고통의 수도〉〈풍요로운 눈〉 외 다수
전후 루이 아라공, 앙드레 브르통 등과 쉬르레알리즘 운동에 중요한 역할을 수행하였
으며 스페인 내전 때 인민 전선에 참가하여 레지스탕스로 활약하였다.

2장

이제
당신만
생각할래요

6월이 오면

※ 버트 브리지스

6월이 오면
그땐 온종일 나는 향긋한 건초 속에서
내 사랑과 함께 앉아
산들 바람 부는 하늘에
흰 구름이 지어놓은
고대광실과 눈부신 궁전들을 바라보겠어요.

그녀는 노래 부르고,
나는 노래 지어주고,
아름다운 시를 온종일 읊겠어요.
남몰래 우리 건초 속에 누워 있을 때
오, 인생은 즐거워라
6월이 오면.

로버트 브리지스 (1844~1940)
영국 계관시인. 수필가
대표작 〈단시집 5권〉〈미의 유언〉
이튼을 거쳐 옥스퍼드에서 배웠다. 의사로 종사하면서 시작에 전념했다. 일상의 감정을 시로 노래했다. 1913년 계관시인이 되었고, 신시형 · 신철자법을 고안하여 순수 영어에 관심을 기울였다.

그대는 꽃처럼

※ H. 하이네

그대는 한 송이 꽃처럼
귀엽고도 아름답습니다.

그대를 바라보고 있으면
슬픔이 저절로 가슴 속에 싹트고

그대의 머리 위에 두 손을 얹어
기도하고 싶은 마음이 간절해집니다.

신이 그대를 도와주시길
맑고 귀여운 아름다운 당신을

사랑이 어떻게 네게로 왔는가

☀ 릴케

사랑이 어떻게 네게로 왔는가
햇빛처럼, 꽃잎처럼
또는 기도처럼 왔는가

행복이 반짝이며 하늘에서 몰려와 날개를 거두고
꽃피는 내 가슴에 걸려온 것을...

흰 국화 피어 있는 어느 날,
그 집의 눈부심이 어쩐지 불안하였다.
그날 밤늦게 그리고 조용히
네가 나에게로 왔다.

나는 불안하였고 마침내 꿈속에서
너를 생각하고 있었다.
네가 나에게로 오고 난 이후 동화에서처럼
밤은 어둠속에서 깊어만 갔다.

밤은 은빛 빛나는 옷을 입고 한 웅큼의 꿈을 뿌린다.
꿈은 속속들이 마음속 깊이 스며들고,
어린아이들이 불빛으로 가득한 크리스마스를 보듯
나는 본다, 깊은 밤 어둠 속에서
꽃 한 송이 한 송이마다 입 맞추고 있는 것을.

나는 이 모든 아름다운 것을
사랑합니다

✳ 로버트 브리지스

나는 모든 아름다운 것을 사랑합니다.
그것을 또한 경배합니다.
신도 그만큼 찬양받을 수 없고
사람은 그 바쁜 일상 속에서도
아름다운 것을 사랑함으로써 존재하지요.

나는 또한 그 무엇인가를 만들고자 합니다.
모든 아름다운 것을 만들어내는 즐거움이여,
비록 그것이 내일이 오면 기억에만 남는
한낱 꿈속의 헛된 말 같을지라도
나는 모든 아름다운 것을 사랑합니다.

내가 가끔 찾아가는 그대여

※ 월트 휘트먼

그대와 함께 있고 싶어
내가 가끔 조용히 그대 있는 곳으로 가게 되는 그대여,
내가 그대 옆을 스쳐가거나
가까이 앉아 있거나
같은 방안에 있을 때
그대는 모를 것입니다.
그대 때문에 내 마음속에서 흔들리는
미묘한 감동의 불꽃을……

월트 휘트먼 (1819~1892)
미국 시인. 수필가
대표작 〈풀잎〉 〈북소리〉 〈자선일기 기타〉 등
1855년에 〈풀잎〉을 자비출판. 형식도 내용도 전연 전통을 깨뜨린 것 이어서 평이 좋지 않았으나, 에머슨의 칭찬의 편지를 받고 용기를 되찾았다. 민주주의의 근본 원리와 문학과의 관계를 저술한 〈민주주의의 전망〉(1871)은 미국 민주주의의 3대 논문의 하나로 평가받고 있다.

우리 둘이는

※ 폴 엘뤼아르

우리 둘이는 서로 손을 맞잡고
어디서나 마음속 깊이 서로를 믿는다

아늑한 나무 아래 어두운 하늘 아래
모든 지붕 아래 난롯가에서
태양이 내리쬐는 빈 거리에서
민중의 망막한 눈동자 속에서
현명한 사람이나 어리석은 사람들 곁에서라도
어린아이들이나 어른들 틈에서라도
사랑은 아무것도 감추지 않고
우리들은 그것의 확실한 증거이다

사랑하는 사람들은 마음속 깊이 서로를 믿는다

애정의 숲

✳ 폴 발레리

우리는 순수한 것을 생각했었지
나란히 길을 걸으며
우리는 서로 손을 잡았었지
말없이 이름 모를 꽃들 사이에서

우리는 약혼한 사이처럼 걷고 있었지
단둘이서, 풀밭의 초록빛 어둠 속을
그 꿈나라의 열매를 우리는 나눠 갖고 있었지
실성한 사람들에게 정다운 그 달을

그리고 우리는 이끼 위에 쓰러졌지
아주 멀리 떨어져, 단둘이서, 그 속삭이는
아늑한 숲의 다정한 그늘 사이에서

그리고 높은 하늘 끝없는 빛 속에서
울고 있는 서로를 우린 깨달았지
오, 정다운 벗, 침묵의 벗이여

감각

❋ A. 랭보

여름의 푸른 저녁이면
나는 오솔길로 갈 거예요
발을 찌르는 잔풀을 밟으며
나는 꿈꾸는 사람이 되어 발치에서 신선한
그 푸름을 느낄 거예요
바람이 내 머리를 흩뜨리도록
내버려둘 거예요

나는 말하지 않을래요
아무 생각도 않을래요
그저 내 영혼 속으로 끝없는 사랑이
솟아오를 거예요
그리고 나는 아주 멀리 떠날 거예요
마치 보헤미안처럼
자연을 따라
마치 어느 여인과 함께하듯이
마냥 행복할 거예요

A. 랭보 (1854~1891)

프랑스 시인

대표작 〈보는 사람의 편지〉〈명정선〉〈지옥의 계절〉 외 다수

말라르메와 더불어 프랑스 상징주의의 대표적 시인. 조숙한 반역아로 16세에 훌륭한 시를 지어 천재로 추앙받았다. 1871년 베르렌이 이 천재의 이야기를 듣고 파리로 불러내어 두 사람의 기묘한 동거생활이 시작되었다. 그들은 영국 · 벨기에 둥지로 전전했는데, 마침내 유명한 권총 사건으로 둘의 관계는 끝났다.

행복

※ 헤르만 헤세

당신이
행복을 찾아 떠나신다면
당신은 행복한 사람이 될 만큼
성숙하지 못한 것이랍니다.
세상에 모든 사랑스러운 것이
당신의 것이 될지라도

당신이 만일
잊어버린 것에 아쉬워하고
목적을 가지고 있으면서도
초조해한다면
아직도 당신은

마음의 평화가 무엇인지
모르는 것이랍니다.

당신이 모든 희망을 버리고
행복이라는 이름으로
그 어떤 목적과 소망마저 원하지 않게 될 때

그때 비로소
세상의 모든 어둠은
당신에게서 멀어져 갈 것이며
당신의 영혼은
진정으로 평화로울 것입니다.

그대를 사랑합니다

※ 페르 라게르크비스트

사랑은
해맑은 당신의
영혼 속에서
꽃을 피우고 있습니다

당신을
바라보는 내 마음은
타들어갈 것처럼
점점 뜨거워지고

당신이 내게
다가올 때마다
당신을 기다리던 내 마음은
행복했던 기대로 가득 차오릅니다

오직, 당신만을 기다리던
내 마음은
행복한 기대로 가득합니다

당신을 향한 그 안에서
오직 타오르는 불꽃만이
가득할 뿐입니다

당신이
내게로 오고 있습니다
뜨거운 불꽃은
당신의 손 안에서 꽃이 되고
영원히 잊을 수 없는 봄이 됩니다

당신은 내게 속삭입니다
'당신을 사랑합니다' 라고

페르 라게르크비스트 (1891~1974)
스웨덴 시인. 소설가
대표작 〈바라바〉〈무녀〉〈형리〉〈난쟁이〉외 다수
20세기 스웨덴의 시인·소설가·극작가. 제1차 세계대전 이래 인생의 공허와 혼돈에
대한 '고민의 문학'으로 스웨덴 문학을 이끌었다.

삼월의 노래

✳ 윌리엄 워즈워드

닭이 운다
시냇물은 흐르고
새떼 재잘대며
호수는 반짝이는데
푸른 초원은 햇볕 속에 잠들었다

늙은이도 어린이도
젊은이와 함께 일할
풀 뜯는 가축들은
모두 고개도 들지 않는구나
마흔 마리가 마치 한 마리인 양

패배한 군사처럼

저기 저 헐벗은 산마루에

병들어 누웠는데

이랴 이랴, 밭가는 아이 목청 힘차구나

산에는 기쁨

샘에는 생명

조각구름 두둥실 떠 흐르는

저 하늘은 푸르름만 더해 가니

비 개인 이 날이 기쁘기만 하네

윌리엄 워즈워드 (1770~1850)

영국 시인

대표작 〈서곡〉

낭만파 시인. 영국 최초의 낭만주의 문학 선구자로 '가난한 시골 사람들의 감정의 발로만이 진실 된 것이며, 그들이 사용하는 소박하고 친근한 언어야말로 시에 알맞은 언어'라고 하여 18세기 식 기교적 시어를 배척했다. 그는 영문학에만 그치지 않고 유럽 문화의 역사상 커다란 뜻을 지녔다.

그대 뺨을 내 뺨에

❋ H. 하이네

그대 뺨을 내 뺨에 가져다 대면
우리 둘의 눈물이 함께 흐르지요.
그대 가슴을 내 가슴에 가져다 대면
불꽃이 하나 되어 타오를 것입니다.

흘러나온 눈물이 강물이 되어
타오르는 불꽃 속에 흘러든다면
힘차게 그대 몸을 안아본다면
그리움과 사랑에 나는 죽고 말 것입니다.

그대를 아름다운 여름날에 비할까

※ W. 셰익스피어

그대를 아름다운 여름날에 비할까
그대는 이보다 더 온화하고 사랑스럽다
세찬 바람이 오월의 꽃봉오리를 뒤흔들고
여름은 오는 듯 가버리는 것
때로는 태양이 너무나도 뜨겁고
태양의 황금빛은 자주 그 빛을 잃고 흐려진다
이런 모든 것들은 시간이 지나면
그 아름다움이 줄어들거나 사라지지만
그대의 영원한 여름만은 시들지 않고
그대 지닌 아름다움 잃지도 않으리
또한 죽음은 그대에게 멀리 있고
영원한 시간 속에
인간이 숨 쉴 수 있고
눈으로 볼 수 있는 한
그만큼 오래도록 이 시는 살 것이고
또한 그대에게 생명을 주리

수선화

☀ 윌리엄 워즈워드

골짜기와 언덕 위를 하늘 높이 떠도는
구름처럼 외로이 헤매다가
문득 나는 보았네, 수없이 많은
황금빛 수선화가 무리지어
호숫가 나무 밑에서
미풍에 한들한들 춤추는 것을.

은하수를 타고 흐르는
반짝이는 별들처럼
수선화는 호수의 물가에
끝없이 줄지어 줄지어 있었네.
나는 한눈에 보았네, 흥겨운 춤추며
고개를 살랑대는 무수한 수선화를.

호숫물이 꽃 주위에서 춤추었지만
반짝이는 물결보다 더욱 흥겹던 수선화
이토록 즐거운 벗과 어울릴 때
즐겁지 않을 시인이 있을건가,
나는 보고 또 보았다, 그러나 그 광경이
얼마나 값진 재물을 내게 주었는지 나는
미처 몰랐었다.

이따금 하염없이, 혹은 수심에 잠겨
자리에 누워있으면
수선화는 내 마음 속 눈 앞에서 반짝이는
고독의 축복
내 가슴 기쁨에 넘쳐 수선화와 춤을 춘다.

그대 울었지

✳ G. G. 바이런

나는 보았네. 그대 우는 걸
커다란 반짝이는 눈물이
그 푸른 눈에서 솟아 흐르는 걸
제비꽃에 맺혔다 떨어지는
맑은 이슬방울처럼

그대 방긋이 웃는 걸 나는 보았네
그대 곁에선 보석의 반짝임도
무색해지고
반짝이는 그대 눈동자
그 속에 핀 생생한 빛을 따를 길이 없어라

구름이 저기 저 먼 태양으로부터
깊고도 풍요한 노을을 받을 때
다가드는 저녁 그림자

그 영롱한 빛을 하늘에서 씻어낼 길 없듯이
그대의 미소는 침울한 이내 마음에
그 맑고 깨끗한 기쁨을 주고
그 태양 같은 빛은 타오르는 불꽃을 남겨
내 가슴속에 찬연히 빛나노라

눈부시게 아름다운 오월에

※ H. 하이네

눈부시게 아름다운 오월에
모든 꽃봉오리 벌어질 때
나의 마음속에서도
사랑의 꽃이 피었어라

눈부시게 아름다운 오월에
모든 새들 노래할 때
나의 불타는 마음을
사랑하는 이에게 고백했어라

선물

※ 기욤 아폴리네르

만약 당신이 원하신다면
난 당신께 드리겠어요
아침을, 나의 밝은 이 아침을
그리고 당신이 좋아하는
나의 빛나는 머리카락과
아름다운 나의 푸른 눈을

만약 당신이 원하신다면
난 당신께 드리겠어요
따사로운 햇살 비추는 곳에서
눈뜨는 아침 들려오는 모든 소리를
근처 분수 속에서 치솟아 흐르는
감미로운 맑은 물소리들을

이윽고 찾아든 석양을
나의 쓸쓸한 마음의 눈물인 저 석양을
또한 조그마한 나의 여린 손과
그리고 당신의 마음 가까이
놔두지 않으면 안 될
나의 마음을

기욤 아폴리네르 (1880~1918) 프랑스 시인

대표작 〈썩어가는 요리사〉〈동물시집〉등 다수
초사실주의를 비롯한 제1차 세계대전 전후의 모더니즘 운동의 선구적 존재. 프랑스
문단과 예술계에서 번창한 모든 아방가르드 운동에 참가하고 시를 새로운 분야로 안
내한 뒤, 짧은 생애를 마쳤다.

점점 예뻐지는 당신

※ 다카무라 고타로

여자가 액세서리를 하나씩 버리면
왜 이렇게 예뻐지는 것일까

나이로 씻긴 당신의 몸은
끝없는 하늘을 나는 금속

겉모양새도, 남의 눈치도 안 보는
이 깨끗한 한 덩어리의 생명은
살아서 꿈틀대며 거침없이 상승한다

여자가 여자다워진다는 것은
이러한 세월의 수업 때문일까

고요히 서 있는 당신은
진정 신이 빚으신 것 같구나

때때로 속으로 깜짝 놀랄 만큼
점점 예뻐지는 당신

다카무라 고타로(1883~1956)

일본 시인. 화가

미국, 프랑스에서 조각을 공부하였고 시인으로 활동하면서 미술비평에 이어 로댕과
관련된 책들을 번역했다.

그대 눈 푸르다

❋ 구스타보 A. 베케르

그대 눈 푸르다
수줍은 웃음은
넓은 바다에
새벽 별 비친 듯 하다

그대 눈 푸르다
흘리는 눈물은
제비꽃 위에 앉은
이슬방울 같다

그대 눈 푸르다
반짝이는 지혜는
밤하늘에 떨어지는
유성처럼 화려하다

구스타보 A. 베케르 (1836~1870)
스페인 시인
대표작 〈에스파냐 전설〉 〈곡조〉에스파냐의 시인으로 하급 관리·편집자 등의 직업을
전전하다가 요절하였고 사후에야 인정받았다.

이른 봄

※ 톨스토이

이른 봄
풀은 간신히 고개를 내밀고
시냇물과 햇빛은 약하게 흐르며
숲의 초록색은 투명하다

아직 목동의 피리 소리는 아침마다
울려 퍼지지 않고
숲의 작은 고사리도
아직은 잎을 돌돌 말고 있다

이른 봄
자작나무 아래서
미소를 머금은 채 눈을 내리깔고
내 앞에 너는 서 있었다

내 사랑에게 보내는 응답으로
살며시 눈을 내리깔았던 너
생명이여, 숲이여, 햇빛이여!
오, 청춘이여, 꿈이여!
사랑스런 네 얼굴을 보며
나는 울었노라

이른 봄
자작나무 아래서
그것은 우리 생애의 이른 봄
가슴 가득한 행복, 그 넘치는 눈물
생명이여, 숲이여, 햇빛이여!
자작나무 잎의 연푸른 화사함이여 울라

톨스토이 (1828~1910)
러시아 소설가. 사상가
대표작 〈안나 카레니나〉〈참회록〉〈전쟁과 평화〉외 다수
도스토옙스키와 함께 19세기 러시아 문학을 대표하는 세계적 문호임과 동시에 문명
비평가·사상가로서도 위대한 존재였다.

그대를 만나러 가는 길

※ 타고르

약속한 그곳으로 나 홀로 만나러 가는 밤
새들은 노래하지 않고
바람 한 점 없고
거리의 집들도 묵묵히 서 있을 뿐
내 발자국만 소리를 내고 있습니다

나는 부끄러움으로 발코니에 앉아
그대의 발자국 소리를 기다리고 있습니다
나무 하나 흔들리지 않고
세차게 흐르던 물여울조차
잠든 보초의 총처럼 고요합니다

거칠게 뛰고 있는 것은 오로지 내 심장뿐
어떻게 진정할까요

사랑하는 그대 오시어 내 곁에 앉으면
내 온몸은 마냥 떨리기만 하고
내 눈은 감기고 밤은 곧 어두워집니다

바람이 살포시 촛불을 꺼버립니다
구름이 별을 가리며 장막을 드리웁니다
내 마음속 보석이 반짝반짝 빛납니다
어떻게 그것을 감추겠습니까

타고르 (1861~1941)
인도 시인, 사상가
대표작 〈들꽃〉 〈기탄잘리〉 외 다수
인도가 낳은 세계적 사상가이자 철학자이다. 음악, 미술 등에 조예가 깊은 예술가이
기도 했다. 초기 작품은 유미적이었으나 갈수록 현실적이고 종교적인 색채가 강해졌
다. 교육 및 독립 운동에도 힘을 쏟았으며, 시집 〈기탄잘리〉로 1913년 노벨 문학상을
받았다.

사랑의 노래

✳ 수잔 폴리스 슈츠

나의 몸은
사랑의 저녁 노을 속에 타오르는
불덩이입니다
천둥, 번개 그리고 지진도
당신에 대한 나의
열정보다 약합니다

나의 심장은
우리의 사랑을 향한
불덩이입니다
푸른 하늘, 무지개 그리고 꽃들도
당신에 대한 나의
사랑만큼 아름답지 못합니다

어느 여인에게

폴 베를렌

그대에게 이 시를
부드러운 꿈이 웃고 우는
그대의 커다란 눈의
마음 달래주는 우아함으로 인해
순결하고 너무나 선량한 영혼으로 인해
그대에게 바칩니다
나의 격렬한 비탄에서 우러나온 이 시를

아아! 날 자꾸 찾아오는
불길한 악몽은 쉴 줄 모르고
분노하고 발광하고 질투합니다
이리들의 행렬처럼
갈수록 수가 늘면서
피로 물들인 나의 운명에 매달리면서

오! 외롭다
몸서리치도록 외롭다
에덴에서 쫓긴 첫 인간의 첫 신음소리도
나에게 비하면 하나의 목가(牧歌)일뿐

그리고 그대에게 수심이 있다면
그것은 사랑하는 이여
서늘한 9월의 어느 아름다운 날
오후의 하늘을 나는 제비와 같다 할까

폴 베를렌 (1844~1896)
프랑스 시인
대표작 〈말 없는 연가〉 〈저주받은 시인들〉 〈참회록〉
말라르메와 함께 프랑스 상징파의 대표자. 랭보의 연인이었다. 1894년 시왕(詩王)으
로 선출, 세기말 대표 대시인으로 숭앙되었다.

내가 부를 노래

※ 타고르

내 진정 부르고자 했던 노래는
아직까지 부르지 못했습니다
악기만 이리저리 켜보다 세월만 흘러갔습니다

아직 때가 되지 않았고
말도 다 고르지 못했습니다
준비된 것은 오직 바라는 마음뿐입니다

꽃은 피지 않고
바람만이 한숨 쉬듯 지나갔습니다
나는 당신의 얼굴을 보지 못했고
당신의 목소리 또한 들어보지 못했습니다

내가 아는 것은 오직 내 집 앞을 지나는
당신의 가벼운 발걸음 소리뿐입니다
내 집에 당신의 자리를 마련하는 데
오랜 시간을 보냈습니다

하지만 아직 등불을 켜지 못했으니
당신을 내 집으로 청할 수 없습니다
나는 늘 당신을 만날 희망 속에 살고 있습니다
그러나 나는 아직도 당신을 만나지 못했습니다

연인에게 보내는 목동의 노래

※ 말로

내게 와서 함께 살며 내 연인이 되어주오
골짜기와 수풀, 언덕과 들판
삼림과 험준한 산들이 우리에게 주는
온갖 기쁨을 시험하여 보자꾸나

바위에 걸터앉아서는
목동이 양떼를 몰고 가 개울 옆에서
양치는 모습을 보자꾸나
개울 소리에 맞춰 새들은 멋진 목청으로 노래한단다

너를 위해 장미 방석을 만들어 주마
많은 꽃들로 향기로운 꽃다발도
꽃 모자도 만들고, 도금 양나무 잎사귀를
무늬로 한 페티코트도 만들어 주마

귀여운 어린 양의 털을 깎아서
값진 양모 가운도 만들어 주마
추위를 피하기 위해
바닥 깔린 슬리퍼를 만들고
순금제 버클을 달도록 하자

짚과 담쟁이덩굴 싹으로 벨트도 만들고
산호 고리와 호박 보석으로 꾸미도록 하자
이런 즐거움들이 너를 기쁘게 할지니
내게 와서 함께 살며 내 연인이 되어 주오

말로 (1564~1593) 영국 시인. 극작가
대표작 〈탬벌레인 대왕〉 〈히어로와 리앤더〉 외 다수
세익스피어로 그 절정에 이른 엘리자베스 조(朝) 연극의 선두에 섰던 대학재사(大學才士)의 대표적 인물이다.

낙엽

※ 예이츠

우리를 사랑하는 긴 잎새 위로
가을은 왔다. 그리고
보릿단 속에 든 생쥐에게도
우리 위에 있는 노원나무 잎새는
노랗게 물들고 이슬 맺힌
야생 딸기도 노랗게 물들었다.

사랑이 시드니 계절이 우리에게 닥쳐와
이제 우리의 슬픈 영혼은 지치고 피곤하다.
우리 헤어지자, 정열의 계절이 우리를
저버리기 전에, 그대의 숙인 이마에
한 번의 입맞춤과 눈물 한 방울을 남기고서.

예이츠 (1865~1639)
아일랜드 시인. 1923년 노벨문학을 수상한 그는 T.S.엘리어트와 함께 20세기의 가장
위대한 시인으로 꼽힌다. 여배우인 모드 곤과의 비극적인 사랑은 여러 편의 훌륭한
서정시를 낳게 하였다.

연꽃 핀 연못

※ 노조린

흩날리는 향기는 물가에 감돌고
둥근 잎 그림자는 물위의 꽃에 어린다
철 이른 가을바람 일찍 불까 늘 두려워
바람 불어 꽃이 져도 그대는 모를 텐데

노조린(636(초기)~695)
당나라 초기시인. 왕발, 양형, 낙빈왕과 함께 '초당사걸'로 불림. '칠언가행', '장안고의'
가 유명하며 유우자집 7권이 존재한다.

봄날은 가고

　※ 이청조

스러지는 봄날에 자꾸 이는 고향생각
앓는 중에 하는 빗질 긴 머리가 한스럽네
들보 밑에 제비는 하루 종일 지저귀고
장미 지난 실바람에 주렴(珠簾)¹ 안이 향기롭네

주렴¹ : 구슬 따위를 꿰어 만든 발

이청조(1084~1156)
중국 남송 여류 시인. '이안거사집'이 있었으나 없어졌고, 후세 사람이 편집한 '수옥집' 1권이 전해지고 있다.

아네모네

✳ 고트프리트 벤

흥겨웁다 아네모네
땅은 차갑고, 지닌 것 없는데
네 화관은 믿음과 광명의
한 마디를 중얼거린다.

땅은 매정하여
오직 힘만으로 대할 수 있는 것
그러나 네 고요한 꽃만은
말없이 품에 안았구나.

흥겨웁다 아네모네
믿음과 광명을 지녔구나
여름이 네 꽃으로
어느 날 왕관을 엮으려니.

고트프리트 벤 (1886~1956)
제1차, 제2차 세계대전에 군의관으로 복무하기도 한 그는 모든 전통적인 세계관을
전적으로 부정하는 존재론적인 인식시를 써, 전후 독일의 젊은 세대들에게 커다란 영
향을 끼쳤다.
〈시체공시소〉라는 처녀시집을 비롯하여 〈정학적 시편〉〈아들들〉〈서정시집〉등이
있다.

오월의 달

✳ 막스 다우텐다이

오월의 달이 시내 위에 두둥실
나의 발 아래 곱다랗게 떠 있네.
물결은 제 자리에서 움직이지 않고
밝은 하늘만을 우러러 보네.

시내 건너 맞은 편 바라다보니
다리 너머 노래가 울려오네.
접동새가 웃는 냥 노래하는데
다리는 기쁨과 음향에 넘쳐 흘러라.

나뭇잎 사이에 밤바람이 일어
깊은 생각과 근심은 죽어 넘어지는데,
지나간 시절의 오월의 달이
늙어 가는 머리털 쓰다듬어 주네.

오월의 달 황홀히도 끌어 주었네.
아련히도 노래하는 다리 위에로.
그리하여 접동새 노래하는 동안은
나의 걸음걸이도 젊어만 졌네.

막스 다우텐다이 (1867~1918)
독일의 시인. 소설가.
날카로운 관능을 동경한 그의 작품들에는 낭만적인 이국정조로 가득 차 있다.
대표작으로는 〈링감〉 〈비와호 8경〉 〈맹적〉 등이 있다.

만일 네가 생각한다면

✳ 레몽 끄노

만일 네가 생각한다면
만일 네가 생각한다면
아가씨여 아가씨
만일 네가 생각한다면
사랑의 젊은 한 시절이
사랑의 젊은 한 시절이
언제까지나 언제까지나
그대로 간다고 생각한다면
네가 그리는 꿈같은 것이
아가씨여 아가씨
네가 그리는 꿈같은 것이

만일 네가 생각한다면
아아 네가 생각한다면
장밋빛 그 얼굴이
벌 허리 날씬한 그 몸매가
사랑스러운 그 이두박근이
에나멜 미끈한 그 손톱이
요정을 닮은 그 허벅다리가
가벼운 그 발걸음이
만일 네가 생각한다면

언제까지나 언제까지나
그대로 간다고 생각한다면
네가 그리는 꿈같은 것이
아가씨여 아가씨
네가 그리는 꿈같은 것이

아름다운 날
아름다운 축제의 날들은 지나가고
해와 달은 함께
둥글게 빙빙 돌아만 간다
아아 그러나 아가씨여
너는 곧장 가기만 하는 것이다
어딘가 너도 모르는 곳을 향하여
그리하여 심술궂게도 다가오는 것이다
재빠른 주름살이
무겁게 늘어진 기름덩이가
세 겹으로 구겨진 턱이
맥없이 풀린 근육이
자 어서 딸지어다 딸지어다
장미를 장미꽃을
목숨의 장미꽃을
그리고 장미의 꽃잎을
온갖 행복의
바닷물로 넘치게 하라
자 어서 딸지어다 딸지어다

만일 네가 아니 따면
네가 그리는 꿈같은 것은
아가씨여 아가씨
네가 그리는 꿈같은 것은

레몽 끄노
1903년 프랑스 르아브르 태생 시인.
주요작으로는 〈참나무와 개〉 〈지오〉 〈숙명적 순간〉 등이 있다.

오후의 한 때

※ 에밀 베라랭

오늘 이 저녁 나는 그대에게
바치기 위하여
상냥한 바람과 저 빛나는 황금과
비단결 빛을 지닌 태양 속에
젖어 온 기쁨을 가지오.
풀 속을 헤쳐 왔으니 나의 발엔 티 없고.
꽃술을 만지고 왔으니 나의 손은 달콤하고.
축제에 뒤덮인 이 대지와
그 끝없는 힘 앞에
눈시울에 솟아나는 눈물
넘쳐흘렀음을 느꼈으니
나의 눈동자는 빛나고.

온 누리는 흔들리는 빛의 품 안으로
때로 취하고 때로 핏대 올리며,
흐느낀 울음에 젖어 왔던 나를
송두리째 끌어간다.
그러나 나는 울분에 쌓이고 쌓인
나의 고함을
거니는 나의 발로 말하게 하고
저 멀리 먼 곳을

발 닿는 대로 걸어왔다.
지금 이 자리에서 나는
들의 생명과 아름다움을 그대에게
삼가 올리오.
그것들을 나의 육신에서
흠뻑 마음껏 마셔 주시오.
나의 손가락 끝에 만져지는 풍금(風琴).
공기 그 빛 그 향기가
지금 나에게 가득찬다.

에밀 베라랭 (1855~1916)
벨기에 태생의 프랑스 시인.
〈플랑드르 풍물시〉를 시작으로 수많은 작품을 남겼는데 〈밝은 시간〉 〈오후의 한 때〉
〈해질 무렵〉 등은 자신의 반려자에게 바친 시로 특히 감동을 주고 있다.

장미

※ 엘리자베스 랑게서

그대들 알아 듣겠느냐?
나의 기원은 숨이다.
숨은 아무것도 아니다.
그리고 이름도 아무것도 아니다.

깊이 느끼는 것이 있다.
나의 마지막은 향기다.
내 이름의 무덤이 향기를 아주 부드럽게 내어 보낸다.

무덤은 비었다.
오오 새로 숨을 뿜어 넣은 행복
세상은 그리로 쏟아진다.
나는 세상을 들이킨다.

엘리자베스 랑게서 (1899~1950)
독일의 특이한 카톨릭의 여류 작가 시인. 대작시 〈지울 수 없는 인장〉 〈라우프만과
장미〉등이 유명하며 다수의 소설이 전해지고 있다.
사후에 뷔히너상을 수상하였다.

3장

추억은
그리움으로
남고

사랑의 종말

✻ 크리스티나 로제티

죽음만큼 강렬했던 사랑이 죽어버렸다.
시드는 꽃 속에
사랑이 누울 자리를 만들자.

머리맡에는 푸른 잔디밭
발 옆에는 돌 하나 놓아
고요한 저녁나절
그곳에 우리 앉도록 하자.

사랑은 봄에 태어나
가을이 되기 전에 죽어버렸다.
마지막 뜨거웠던 여름날
사랑은 떠나갔다.

차가운 잿빛 가을 황혼에
사랑은 머무르려 하지 않았다.
우리 사랑의 무덤가에 앉아
가버린 사랑을 노래하자.

크리스티나 로제티 (1830~1894)

영국의 여류시인

대표작 〈요귀의 시장, 기타〉 〈왕자의 순력〉 〈창가〉 등 다수

세련된 시어, 확실한 운율법, 온아한 정감이 만들어내는 시경 등으로 신비적 분위기
를 자아내는 시풍으로 유명하다.

연인의 바위

※ 롱펠로우

결코 죽을 수 없는 사랑이 있다.
어떤 사람들은 부서진 가슴으로
각자 운명을 맞이하고

마치 별들이 뜨고 불타고 지는 것처럼
그 사람들도 떠나가 버렸다.

부드럽고 젊고 찬란하고 짧았던
봄에 떨어진 잎새 속에 세월을 묻은 채

결코 죽을 수 없는 사랑이 있다.
아, 그 사랑은 무덤 너머로 이어진다
수많은 한숨으로 삶이 꺼지고

대지가 준 것을 대지가 다시 거둘 때
그 사랑의 빛은 싸늘한 바람이 불어도
깨닫지 못한 사람들의 집을 비춘다.

롱펠로우 (1807~1882)
미국 시인
대표작 〈에반젤린〉〈하이어워사의 노래〉 등
대표작들인 장시로 유명하며 유럽의 시적 전통, 특히 유럽 대륙 여러 나라의 민요를
솜씨 있게 번안·번역함으로써 미국 대중에게 전달한 공적은 크다.

사랑의 슬픔

※ 칼릴 무트란

사랑의 순결한 슬픔이여,
온통 사로잡힌 마음이여,

그 고통은 불같으나 달콤하고
그 슬픔은 평온 속에 냉정하니
한 때의 상처는 서글프나
내 그것을 계속 간직하려 하네.

내 영혼 치유되었건만

칼릴 무트란 (1872~1949)
이집트에서 활동한 레바논 시인대표작 〈저녁〉 〈네로〉 등
아랍 최초의 낭만주의 시인이다. 시인 자신의 솔직한 감정 표현을 중요시하였고 독재
와 불평등을 공격하고 당대의 자유사상과 민족적 자유를 옹호하였다.

사랑과 괴로움

※ H. 하이네

너는 말끔하게 잊어 버렸구나
네 마음이 오랫동안 내 것이었단 사실을
세상에 둘도 없을 달콤한 가슴,
믿겨지지도 않을 귀여운 가슴.

너는 깨끗이 잊어버리고 말았구나
그렇게도 내 마음을 억누르던 사랑을
사랑이 괴로움보다 더 큰 것이었던가
둘 다 같았던 것으로 기억하고 있을 뿐인데.

초원의 빛

※ 윌리엄 워즈워드

여기 적힌 먹빛이 희미해짐에 따라

그대 사랑하는 마음 희미해진다면

여기 적힌 먹빛이 하얗게 마르는 날

나 그대를 잊을 수 있을 것입니다

초원의 빛이여

꽃의 영광이여

다시는 되돌려지지 않는다 해도 서러워 말지어다

차라리 그 속 깊이 간직한 오묘한 힘을 찾으소서

초원의 빛이여

그 빛 빛날 때 그대 영광 빛을 얻으소서

한때는 그토록 찬란한 빛이었건만

이제는 덧없이 사라져 돌이킬 수 없는

초원의 빛이여

꽃의 영광이여

다시는 찾을 길 없더라도

결코 서러워 말자

우리는 여기 남아 굳세게 살리라

존재의 영원함을

온 가슴에 품고

인간의 고뇌를 사색으로 달래며

죽음의 눈빛으로 부수듯

티 없는 믿음으로 세월 속에 남으리라

다시는 되돌아 갈 수 없을지라도

우리 서러워말지니

도리어 뒤에 남은 것에서 힘을 얻게 하소서

여태 있었고 영원히 있을 그 원시의 공감 가운데에서

인간의 고뇌에서 우러나는 그 위로의 생각 가운데에서

죽음을 뚫어보는 그 믿음 가운데에서

현명한 마음을 생겨나게 하는 세월 속에서

윌리엄 워즈워드 (1770~1850)
영국 시인
대표작 〈서곡〉

낭만파 시인. 영국 최초의 낭만주의 문학 선구자로 '가난한 시골 사람들의 감정의 발로만이 진실 된 것이며, 그들이 사용하는 소박하고 친근한 언어야말로 시에 알맞은 언어'라고 하여 18세기 식 기교적 시어를 배척했다. 그는 영문학에만 그치지 않고 유럽 문화의 역사상 커다란 뜻을 지녔다.

이별

✳ 괴테

입으로 차마 이별의 인사를 못해
눈물 어린 눈짓으로 떠난다.
북받쳐 오르는 이별의 서러움
그래도 사내라고 뽐냈지만

그대 사랑의 선물마저
이제 나의 서러움일 뿐
차갑기만 한 그대 입맞춤
이제 내미는 힘없는 그대의 손

살며시 훔친 그대의 입술
아, 지난날은 얼마나 황홀했던가.
들에 핀 제비꽃을 따면서
우리는 얼마나 즐거웠던가.
하지만 이제는 그대를 위해
꽃다발도 장미꽃도 꺾을 수 없어
봄은 왔건만
내게는 가을인 듯 쓸쓸하기만 하다.

나는 당신을 기다릴 거예요

※ 콘스탄틴 발몬트

괴로워도 나는 당신을 기다릴 거예요.
오랜 세월
나는 당신을 기다릴 거예요.
당신은 남다른 부드러움으로 나를 유혹하고,
당신은 항상 약속합니다.

당신은 불행한 침묵
어두운 땅에 비치는 우연한 빗줄기
나는 아직 잘 알지 못하는
표현할 수 없는 걱정
이것이 전부입니다.

당신이 기쁨을 원하는지 나는 알지 못해요.
입술에서 입술로
당신에게 사랑을 호소하기를 원하는지
나는 성숙한 달콤함을 알지 못해요.
어떻게 당신과 단둘이 될 수 있는지

당신은 예기치 않은 죽음일지 모릅니다.

혹은 태어나지 못하는 별일지도

그러나 나는 당신을 기다릴 거예요.

사랑하는 이여,

나는 당신을 기다릴 거예요.

콘스탄틴 발몬트 (1867~1943)
러시아 시인
대표작 〈정적〉 〈불타는 건물〉 〈백색의 건축가〉 등 다수
초기 상징주의의 중심적 인물로, 퇴폐적 내지 탐미주의적 색채가 짙어 숙명성·현실
도피, 악의 찬미 등이 주요 모티프로 시를 썼다.

절 동정하지 말아요

※ 에드나 밀레이

서산 너머 해 지고 빛이 사라졌다고
절 동정하지 말아요.
한 해가 저물어서 싱그럽던 들과 숲이 시들었다고
절 동정하지 말아요.
달 기울고 썰물이 밀려간다고
절 동정하지 말아요.
또 남자의 정열이 그렇게도 빨리 식어
당신의 시선에서 정이 사라졌다고

이럴 줄 알았어요, 사랑이란 못 믿을 것.
바람에 흩날리는 꽃잎과 같고
사나운 비바람이 물러간 다음
난파선의 잔해를 밀고 오는 파도와도 같음을
오히려 동정을 하시려면 뻔한 것도 몰라보는
미련한 내 마음을 가엾게 여기소서.

에드나 밀레이 (1892~1950)
미국 시인. 극작가
대표작 〈재생 기타〉 〈한밤중의 대화〉 등 다수
소네트를 가장 잘 쓴 순수한 서정시인이었지만, 1930년대 이후는 정치·사회 문제에도
관심을 보이게 되었다. 한편, 프로빈스타운 극단을 위하여 배우로서 무대에도 섰다.

그리움

※ 후흐

만일 그대가 곁에 있다면
어떤 고생도 참고 견딜 것입니다
친구도 집도 이 땅의 모든 호사도 버릴 것입니다
만일 그대가 곁에 있다면

나는 그대를 그리워합니다
육지를 그리워하는 밀물처럼
남쪽 나라를 그리워하는 제비처럼
나는 그대를 그리워합니다

밤마다 외로이 달 아래 서서
눈 쌓인 그 산을 그리워하는
집 떠난 알프스 아이들처럼
나는 그대를 그리워합니다

후흐 (1864~1947)
독일 여류시인. 사학자
대표작 〈젊은 루돌프 우르슬로이의 추억〉 〈낭만주의의 보급과 쇠망〉 등
신낭만주의 운동의 선구자이자 다채로운 시상에 바탕을 둔 낭만적 서정시와 소설을
발표했다.

이별

포르

바닷가로 나아가
마지막 이별의 입맞춤을 보내드리오리다

바닷바람 거센 바람이
입맞춤쯤은 날려 버릴지도 모르겠습니다

그러면 이별의 징표로
이 손수건을 흔들어 보내드리오리다

바닷바람 거센 바람이
손수건쯤은 날려 버릴지도 모르겠습니다

그러면 배 떠나는 그날에
눈물을 흘리며 보내드리오리다

바닷바람 거센 바람이
눈물쯤은 이내 말려버릴지도 모르겠습니다

아, 그러면 언제까지나
잊지 않고 기다려 드리오리다

그대여, 내가 드릴 수 있는 사랑은
이것뿐일지 모르겠습니다

포르 (1872~1960)

프랑스 시인
대표작 〈프랑스 가요집〉 〈루이 11세〉 등
시왕(詩王)이란 별칭을 받고 있으면서도 너무도 독특한 재능 때문에 일반에게는 그
진가가 알려지지는 않았으나, 천재성이 두드러지는 시인으로 평가받는다. 비용과 비
슷한 민중 시인이며 현대인의 감수성으로 역사의 꿈을 좇는 시인이었다.

비파행

※ 백거이

심양강둑의 밤에 길벗을 보내는데
가을 단풍과 억새도 살랑거리고
말에서 내린 주인과 배에 길벗이 술잔을 들었건만
관현악이 없구나
취흥도 일지 않는데 이별만 서럽고
헤어질 망망한 강에는 달빛도 잠겼네
홀연히 물 위로 들린 비파소리에
주인도 못 돌아서고 길벗도 뜨지 못하네

백거이 (772~846)
중국 당나라 시인이자 정치가.
현존하는 문집 71권 작품은 총 3800여수에 이르는데 그중에서 특히 〈장한가〉 〈비파
행〉 〈신악부 50수〉 등이 유명하다.

그날이 와도

※ H. 하이네

그리운 이여
그대가 캄캄한 무덤 속에 누워 있다면
나도 무덤으로 내려가
그대 곁에 누우리

그대에게 입 맞추고 껴안으리
아무 말 없는, 싸늘한 그대
환희에 몸을 떨며 기쁨의 눈물 적시리
이 몸도 함께 주검이 되리

한밤에 일으킨 많은 주검들
뽀얗게 무리지어 춤을 추누나
우리 둘은 무덤 속에 남아
서로 껴안고 가만히 누워 있으리

고통 속으로, 기쁨 속으로
심판의 날 다가와 주검을 몰아친다 해도
우리는 아랑곳없이
서로 안고 무덤 속에 누워 있으리

메리에게

※ 존 클레어

너는 나와 함께 자고
함께 눈을 뜨는데
나 있는 곳에는 없구나

나는 내 품에
너를 향한 그리움을 가득 안고
한낱 공기만을 품을 뿐이다

네 모습은 보이지 않는데
네 눈은 나를 바라보고 있고
아침이나 낮이나 그리고 또 밤에도
내 입술은 언제나 네 입술에 닿아 있다

존 클레어(1793~1864)
대표작 〈전원생활과 풍경서술의 시집〉, 〈마을의 악인〉〈양치기의 달력〉 등
잉글랜드 헬프스턴 출생.
작품은 모두 영국 농민의 일상생활 체험에서 우러나온 애환을 담은 것들로, 특히 지
방속어 속에 담겨진 생명력을 중시하여, 시 속에서 자유자재로 속어를 구사하였다.

178

이별 후에

✳ 골드 스미스

사랑스런 여인이 남자에게 몸을 맡기고
그가 배신했음을 뒤늦게 알았을 때
무슨 주문으로 그녀의 우울함을 달래주고
무슨 재주로 그의 죄를 씻어줄까

그의 죄를 가리고
그의 수치를 가릴 단 하나의 재주는
그에게 뉘우침을 주고
그의 가슴을 아프게 후벼줄 단 하나의 재주는
죽는 것뿐

골드 스미스 (1770~1774)
영국 시인, 극작가
대표작 〈호인〉〈황폐촌〉〈웨이크필드의 목사〉 등
감상적 희극을 배격하고 영국희극의 전통을 돌려놓았다.

생의 계단

❋ 헤르만 헤세

모든 꽃들이 시들고
청춘이 나이에 굴복하듯이
생의 모든 과정과 지혜와 깨달음도
그때그때 피었다 지는 꽃처럼
영원하진 않으리

삶이 부르는 소리를 들을 때마다
마음은 슬퍼하지 않고 새로운 문으로 걸어갈 수 있도록
이별과 재출발의 각오를 해야만 한다

무릇 모든 시작에는
신비한 힘이 깃들어 있어
그것이 우리를 지키고 살아가는 데 도움을 준다

우리는 공간들을 하나씩 지나가야 한다
어느 장소에서도 고향에서와 같은 집착을 가져선 안 된다
우주의 정신은 우리를 붙잡아 두거나 구속하지 않고
우리를 한 단계 높이며 넓히려 한다

여행을 떠날 각오가 되어 있는 자만이
자기를 묶고 있는 속박에서 벗어나리라
그러면 임종의 순간에도
여전히 새로운 공간을 향해 즐겁게 출발하리라

우리를 부르는 생의 외침은 결코
그치는 일이 없으리라

그러면 좋아, 마음이여
작별을 고하고 건강하여라

마음의 교환

※ 사무엘 테일러 콜리지

나는 내 사랑과 마음을 바꾸었다.
내 품에 그녀를 안았으나
왜 그런지 나는
포플러 나뭇잎처럼 와들와들 떨었다.
그녀는 아버지의 승낙을 받으라고 했다.
그녀의 아버지를 만나며 나는 갈대처럼 떨었다.
의젓이 행동하려 했지만 그러지 못했다.
우리는 이미 마음을 나눈 사이인데도

사무엘 테일러 콜리지(1772~1834)
영국 시인, 평론가
대표작 〈실의 노래〉 〈쿠빌라이 칸〉 〈크리스타벨〉 등 다수
시적 창작력이 감퇴되어 그 괴로움을 노래한 〈실의 노래〉가 최후의 수작(秀作)이
되었다. 대표적 평론 〈문학평전〉은 강연, 담화, 수첩 등의 형식으로 셰익스피어론을
비롯한 많은 평론으로 평론 사상의 거장의 위치를 확립했다.

장미 잎사귀

※ 사포

장미 잎사귀 노랗게 시들어
분수 물에 파르르 떨어질 때
고요히 들리는 갈피리 소리
서글픈 마음을 더하여 준다

자갈 소리 내 귀에 들리기에
안타까이 안타까이 기다리는
아아, 설레는 이 마음이여!
그건 내 님의 발자취 아닌가

사포 (기원전 600년경)
그리스 여류시인
그리스 문학사를 통틀어 초기에 활약했던 시인이었다. 작품 중 남은 것은 얼마 되지
않지만 그것만으로도 이 시인의 시적 재능을 엿보기엔 넉넉하다.

비 오는 날

※ 롱펠로우

날은 춥고 어둡고 쓸쓸도 하다
비 내리고 바람은 쉬지 않고
넝쿨은 아직 무너져 가는 벽에
떨어지지 않으려고 붙어 있건만
모진 바람 불 때마다 죽은 잎새 떨어지며
날은 어둡고 쓸쓸도 하다
내 인생 춥고 어둡고 쓸쓸도 하다
비 내리고 바람은 쉬지도 않는구나
나는 아직 무너지는 옛날을
놓지 아니하려고 부둥켜안건만
질풍 속에서 청춘의 희망은 우수수 떨어지고
날은 어둡고 쓸쓸도 하다
조용하라, 슬픈 마음들이여!
한탄일랑 말지어다
구름 뒤에 태양은 아직 비치고
그대 운명은 뭇 사람의 운명이려니
누구에게나 반드시 얼마간의 비는 내리고
어둡고 쓸쓸한 날 있는 법이니.

그리움은 나의 숙명

※ 에릭 칼펠트

그리움은 나의 숙명
나는 그리움의 계곡 한 복판에
홀로 서 있는 외로운 성
기묘한 현악기의 울림이
부드럽게 그 성을 에워싸고 있다

말해다오
어두운 성 깊숙한 곳에서 탄식하는 파도여
너는 어디서 온 것인지
너 역시 나처럼 꿈꾸는 나날을 노래하고
잠들지 못하는 밤을 노래하는가

비밀의 현으로부터 울리는
한숨과도 같은 그 영혼은 누구인가
짙은 벌꿀의 향기처럼 황홀한
황금빛 들판으로 향하는가

작열하던 태양도 스러져
세월이 나를 지치게 하여도
장미는 여전히 향기를 내뿜고
추억은 속삭이듯이 가슴속에 새겨진다

너의 노래를 들려다오
비밀의 현이여
꿈꾸는 성에 너와 함께 머물고 싶다

그리움은 나의 숙명
나는 그리움의 계곡에 홀로 서 있는
외로운 성

에릭 칼펠트 (1864~1931)
스웨덴 시인
대표작 〈프리돌린의 노래〉〈프리돌린의 낙원〉 등 다수
신낭만파 시인으로서 스웨덴 다라나 지방의 사람과 자연을 노래하였다. 왕립도서관
사서를 지냈고 스웨덴 아카데미 상임 이사를 역임했다.

사랑이라는
달콤하고 위험천만한 얼굴

※ 자크 프레베르

사랑이라는 달콤하고
위험천만한 얼굴이 무척이나
오랜 세월이 흐른 후
어느 날 저녁 내게 나타났지
그것은 활을 가진 궁사였을까?
아니면 하프를 안은 악사였을까?
난 더 이상 모르네
아무것도 모른다네
내가 알고 있는 거라곤
그이가 내 맘에 상처를 입혔다는 것뿐
화살이었을까?
노래였을까?
내가 알고 있는 거라곤
그가 내 가슴에 상처를 심었다는 것뿐
영원히 뜨겁게 타오르는
너무도 뜨겁게 불타오르는
사랑의 상처

자크 프레베르 (1900~1977) 프랑스 시인

대표작 〈파롤〉〈스펙터클〉 등

초현실주의 작가 그룹에 속해 활약했다. 초기의 시에는 초현실주의의 흔적이 엿보이며 샹송풍의 후기 작품에는 풍자와 소박한 인간애가 평이하고 친근감 있는 풍이 특징이다.

이별

※ 랜더

다툴 필요가 없기에 싸움 없이 살았다
자연을 사랑했고, 또 예술을 사랑했다
두 손을 생명의 불앞에 쪼였으나
불은 꺼져가고 이제 미련 없이 나 떠나련다

랜더 (1775~1864)
영국 시인. 작가
대표작은 〈로즈 에일머〉 〈가상대화집 5권〉 등 다수
에스파냐에서 의용병으로 싸우고 그 뒤로도 프랑스, 이탈리아 등지로 삶터를 옮겨가
며 살았다. 고전과 낭만을 좋아하는 시인으로 알려져 있다.

나비

✳ 라마르틴

봄과 함께 나서 장미와 함께 죽는다
미풍의 날개 타고 맑은 하늘을 헤엄치며
겨우 피어난 꽃의 가슴에 앉아 흔들린다.

향내와 햇살과 창공에 취하여
아직 젊은 날개의 분가루를 흩뿌리며
끝없는 하늘로 한숨처럼 날아간다.

이것이 매혹 되어버린 나비의 운명
욕망을 닮아서 결코 멈추지 않고
모든 것을 스쳐가도 만족이 없어
마침내 기쁨을 찾아 하늘로 돌아간다.

라마르틴 (1790~1869)
프랑스 시인. 정치가
대표작 〈명상 시집〉 〈지롱드 당사〉 〈정치적 회상록〉 등 다수
타고난 서정 시인으로서 평이하며 아름다운 음악적 해조에 의해 낙천적 인도주의 · 시적인 이상주의를 노래했다. 위고 · 비니 · 샤토브리앙과 함께 낭만파 4대 시인이다.

구월

※ 헤르만 헤세

뜰이 슬퍼합니다
차디찬 빗방울이 꽃 속에 떨어집니다
여름이 그의 마지막을 향해서
조용히 몸서리칩니다

단풍진 나뭇잎이 뚝뚝 떨어집니다
높은 아카시아나무에서 떨어집니다
여름은 놀라 피곤하게
죽어가는 뜰의 꿈속에서 미소를 띱니다

오랫동안 장미 곁에서 발을 멈추고
아직 여름은 휴식을 그리워할 것입니다
천천히 큼직한
피로의 눈을 감습니다

우리 둘이 헤어질 때

※ G. G. 바이런

우리 둘이 헤어질 때
눈물은 말없이 흐르고
오랫동안의 이별이기에
가슴은 찢어질 듯 하였다.

그대 뺨 파랗게 질렸고
입술은 그때 그 시각에
지금의 슬픔을 예고하였다.

아침 이슬은 싸늘하게
내 이마에 흘러내렸고
지금 느끼는 나의 감정을
깨우쳐 주기라도 했었던가.

그대의 맹세는 모두 부서지고
그대의 명성도 사라졌으니
사람들이 그대 이름을 말하면
나는 부끄러움을 감추지 못한다.

내 앞에서 부르는 그대 이름은
내 귀에 죽음의 종소리처럼 들리고
온몸을 몸서리치게 하는데
왜 그렇게 나는 너를 좋아하였던가.

우리 서로 알았음을 사람들은 모르지만
나는 그대를 너무나 잘 알았었지
길이길이 나는 너를 슬퍼하리라
말하기엔 너무나도 깊은 슬픔을.

남몰래 만난 우리이기에
말 못하고 나는 슬퍼한다
그대 가슴만이 잊을 수 있었고
그대의 영혼만이 속일 수 있었지.

오랜 세월이 흐르고 난 뒤
내 만일 그대를 만나게 된다면
어떻게 그대에게 인사를 할까?
말없이 눈물로만 인사를 할까?

낙엽

※ 구르몽

시몽!
낙엽 떨어진 숲으로 가자
낙엽은 이끼와 돌멩이와 오솔길을 덮고 있다

시몽!
너는 좋으냐? 낙엽 밟는 소리가

낙엽 빛깔은 정답고 모양은 쓸쓸하다
낙엽은 버림받아 땅 위에서 흩어져 구른다

시몽!
너는 좋으냐? 낙엽 밟는 소리가

해질 무렵의 낙엽 모양은 쓸쓸하다
바람에 흩어지며 낙엽은 상냥하게 말한다

시몽!
너는 좋으냐? 낙엽 밟는 소리가

발로 밟으면 낙엽의 영혼은 울음을 운다
낙엽은 날개 소리와 여자의 옷자락 소리를 낸다

시몽!

너는 좋으냐? 낙엽 밟는 소리가

가까이 오라, 우리도 언젠가는 낙엽이 되리니

가까이 오라, 어두운 밤이 오고 바람이 분다

시몽!

너는 좋으냐? 낙엽 밟는 소리가

구르몽 (1858~1915)

프랑스 작가. 평론가

대표작 〈가면집〉〈프랑스어의 미학〉외 다수

그의 시는 지성과 관능의 미묘한 융합으로 독자적인 시경을 이루었으며, 소설과 희곡

도 발표하였으나 그의 참다운 면모는 상징주의 이론의 전개에 있다.

잊은 것은 아니건만

❋ 사포

높은 나뭇가지에 매달려
가지 끝에 매달려 있어
과일 따는 이 잊고 간
아니,
잊고 간 것은 아니건만
따기 어려워 남겨놓은
새빨간 사과처럼
그대는
홀로 남겨져 있네

그대가 없다면

✹ 미겔 에르난데스

그대의 눈이 없다면 내 눈은 눈이 아닙니다
외로운 두 개의 개미집일 따름입니다
그대의 손이 없다면 내 손은
다만 고약한 가시다발일 뿐입니다

달콤한 종소리로 나를 가득 채우는
그대의 붉은 입술이 없다면
내 입술도 없습니다
그대가 없다면 나의 마음은
엉겅퀴 우거진 회향잎마저 시드는 고난의 길입니다

그대 음성이 들리지 않는 내 귀는 어찌 될까요?
그대의 별이 없다면
나는 어느 곳을 향해 떠돌까요?
그대의 대꾸 없음에
내 목소리는 자꾸 약해집니다

바람결에 묻어오는 그대의 냄새를 좇아
잊혀진 그대의 흔적을 더듬어 봅니다
사랑은 그대에게서 시작되어
나에게서 끝납니다

미겔 에르난데스 (1910~1942)
스페인 시인. 극작가
스페인 내전이 끝난 뒤 정치범으로 투옥됐다가 젊은 나이에 옥사했다.

부서져라, 부서져라, 부서져라

✳ 알프레드 테니슨

부서져라, 부서져라, 부서져라
너의 차디찬 잿빛 바위에
오, 바다여!
나도 내 혀가 심중에 솟아오르는
생각을 표현할 수 있었으면 좋으련만

어부의 아들은 좋겠구나
누이와 고함지르며 놀고 있네
젊은 뱃사람은 좋겠구나
항구에 배 띄우고 노래 부르네

우아한 기선들도 갈 길을 가는구나
언덕 아래 항구를 향해
오, 그리워라, 사라진 손길의 감촉이여
소리 없는 목소리여

부서져라, 부서져라, 부서져라
벼랑 기슭에
하지만 가 버린 날의 다정한 행복은
내게 다시는 돌아오지 않으리

알프레드 테니슨 (1809~1892)

영국 시인

대표작 〈국왕 목가〉〈이녹 아든〉〈모드〉 등

1850년 워즈워스의 뒤를 이어 계관시인이 되었으며, 1884년에는 남작의 칭호를 얻고, 84세의 고령으로 작고했다.

달밤

※ 아이헨도르프

하늘이 조용히
대지와 입 맞추니
피어나는 꽃잎 속의 대지가
이제 하늘의 꿈을 꾸는 것 같았다

바람은 들판을 가로질러 불고
이삭들은 부드럽게 물결치고
숲은 나직하게 출렁거리고
밤하늘엔 별이 가득했다

곧이어 내 영혼은
넓게 날개를 펼치고
집으로 날아가듯
조용한 시골 들녘으로 날아갔다

아이헨도르프 (1788~1857)
독일 시인, 소설가
대표작 〈대리석 조상의 이야기〉〈시 Gedichte〉〈어느 건달의 생활〉 등
매혹적 필치로 자연을 그린 시인이다. 독일의 숲에서 영감을 얻어 골짜기를 거니는
사람의 기쁨, 자연이 부르는 소리, 숲의 신들의 말 등, 주옥과 같이 영롱한 리듬으로
읊었으며, 민요조의 시는 널리 애창되고 있다.

바람

※ 보리스 파스테르나크

나는 죽었지만 그대는 여전히 살아 있네
하소연하며 울부짖는
바람은 숲과 오두막집을 뒤흔든다
아주 끝없이 먼 곳까지
소나무 한 그루 한 그루씩이 아닌
모든 나무를 한꺼번에
마치 어느 배 닿는 항구의
거울 같은 수면 위 떠 있는 돛단배의 선체를 뒤흔든다

따라서 이 바람은 허세나
무의미한 분노에서 연유된 것이 아닌
당신을 위한 자장가와 노랫말을
이 슬픔 속에서 찾기 위함이다

보리스 파스테르나크 (1890~1960)
러시아 작가. 1958년 노벨문학상 거부
대표작 〈닥터 지바고〉〈마음이 밝아질 때〉〈사람과 상황, 자전적 에세이〉 등
지식인의 고독한 심리를 주제로 하여 고고하고 난해한 서정시를 썼다.

그대 없이는

나의 베개는 밤에 나를 묘석과 같이 허무하게 쳐다봅니다
홀로 있는 것이 그대의 팔을 베개 삼지 못하는 것이
이렇게도 쓰라린 것이라고는 생각지 않았습니다
나는 고요한 집 속에 단지 홀로
매달린 램프를 끄고 엎드려 그대의 손을 잡으려고
살며시 두 손을 뻗습니다
그리고 뜨거운 키스를 합니다
갑자기 내가 눈을 뜨면
주위는 말없는 차디찬 밤
유리창에 별이 반짝반짝 비칩니다
오, 그대의 금발은 어디에 있는가?
그대의 달콤한 입은 어디에 있는가?
이제 나는 어떠한 기쁨 속에도 슬픔을
어떠한 포도주 속에도 독을 마십니다
그대 없이 홀로 있는 것
이렇게 쓰라리다는 것을 미처 몰랐습니다

207

사랑하는 이여 내가 죽거든

❋ 크리스티나 로제티

사랑하는 이여
내가 죽거든

나를 위해
슬픈 노래는 부르지 말아요

내 머리맡에
장미꽃도 심지 마시고
그늘진 삼나무도 심지 마세요

나를 덮고 있는 풀
푸르게 내버려 두고
소나무와 이슬에 젖게 해 주세요

원하신다면
기억해 주세요
아니
잊을 테면 잊으세요

나는 밀려드는
어둠을 볼 수 없고
비도 느낄 수 없을 겁니다

고통스럽게 노래하는
나이팅게일의 목소리도
듣지 못할 것이며

뜨지도 지지도 않는 황혼 속에서
꿈꾸며 어쩌면 나는 기억할 거예요
아니 어쩌면 잊을 거예요

희미한 어둠 속에서
그대가 돌아서 가면
나는 아무 말 없이 웃을 거예요

사랑의 비밀

※ 블레이크

사랑을 말하려 하지 말라
사랑은 말로 할 수 없는 것이다
어디서 생기는지 알 수도 없고
눈에도 보이지 않는 바람 같은 것

내 일찍이 내 사랑을 말하였지
내 마음의 사랑을 말하였더니
그녀는 새파랗게 질려 떨면서
내 곁을 떠나고야 말았다

그녀가 내 곁을 떠나간 뒤에
나그네 한 사람이 다가오더니
어디로 가는지 알 수도 없게
한숨지으며 그녀를 데려갔다네

블레이크 (1757~1827)
영국 시인. 화가
대표작 〈결백의 노래〉〈셀의 서〉〈밀턴〉 등 다수
신비주의자, 몽상가, 성자, 시인, 예언자, 화가, 삽화가, 심지어 미치광이. 윌리엄 블레
이크는 이 모든 수식어로 불렸다.

이별

※ 기욤 아폴리네르

내 히드나무의 어린 싹을 꺾었네.
가을은 지금 저물고
그대는 가슴에 간직하는가.

우리들 다시 이 땅 위에서
또 다시 만나지 못할 것이니
세월의 향기여, 히드나무의 어린 싹이여.

그리고 ..... 그리고
그대 내가 그대를 기다리고 있는 것을
가슴을 파고 간직하여 주시옵기를

애너벨 리

※ 에드거 앨런 포

아주 여러 해 전
바닷가 어느 왕국에
당신이 아는지도 모를 한 소녀가 살았지
그녀의 이름은 애너벨 리
날 사랑하고 내 사랑을 받는 일밖엔
소녀는 아무 생각도 없이 살았네

바닷가 그 왕국에선
그녀도 어렸고 나도 어렸지만
나와 나의 애너벨 리는
사랑 그 이상의 사랑을 하였지
천상의 날개 달린 천사도
그녀와 나를 부러워할 그런 사랑을

그것이 이유였지, 오래전
바닷가 이 왕국에선
구름으로부터 불어온 바람이
나의 애너벨 리를 싸늘하게 했네
그래서 명문가 그녀의 친척들은
그녀를 내게서 빼앗아 갔지
바닷가 왕국

무덤 속에 가두기 위해

천상에서도 반쯤밖에 행복하지 못했던
천사들이 그녀와 날 시기했던 탓
그렇지! 그것이 이유였지
한밤중 구름으로부터 바람이 불어와
그녀를 싸늘하게 하고
나의 애너벨 리를 숨지게 한 것은

하지만 우리의 사랑은 훨씬 강한 것
우리보다 나이 먹은 사람들의 사랑보다도
우리보다 현명한 사람들의 사랑보다도
그래서 천상의 천사들도
바다 밑 악마들도
내 영혼을 아름다운 애너벨 리의 영혼에서 떼어내지 못했네

달도 내가 아름다운 애너벨 리의 꿈을 꾸지 않으면 비치지
않네
별도 내가 아름다운 애너벨 리의 빛나는 눈을 보지 않으면
떠오르지 않네
그래서 나는 밤새도록
나의 사랑
나의 사랑
나의 생명
나의 신부 곁에 누워만 있네

바닷가 그곳 그녀의 무덤에서
파도 소리 들리는 바닷가 그녀의 무덤에서

에드거 앨런 포 (1809~1849)
미국 시인, 비평가
대표작 〈황금 풍뎅이〉 〈모르그가의 살인사건〉 〈검은 고양이〉 등 다수
어두운 형이상학적 비전을 리얼리즘, 패러디, 희극적 요소들과 결합했다. 포는 단편
소설 장르를 세련되게 만들었으며 탐정소설을 개발하기도 했다. 단편소설 다수를 통
해 오늘날 인기 있는 공상과학소설, 공포소설, 판타지 장르의 초석을 깔아놓았다.

마리아의 노래

※ 노발리스

아름다이 그려진 천 개의 그림 속에서
나는 그대 모습 보느니, 나의 마리아여
하지만 어느 그림 속에서도
내 혼에 비친 그대 모습 볼 길 없어라

세상의 물결은 한낱 꿈결처럼
나로부터 멀리 사라져 버리고
말 못할 하늘 위의 크나큰 즐거움은
내 혼에 깊이 자리하고 있음을 알 뿐이라

노발리스 (1772~1801)
독일 낭만주의 시인. 이론가
대표작 〈밤의 찬가〉〈꽃가루〉〈하인리히 폰 오프터딩겐〉 등 다수
독일 낭만파 시인. 피히테의 영향을 받았으며 슐레겔 형제나 셸링과 친교를 맺었다.
인간 영혼의 깊숙한 곳에 자리 잡고 있는 무한한 것이 참된 자아이자 세계의 본질이
며, 이 비밀을 파악하는 것이 시이고 이것에 의해 창조되는 세계야말로 보다 높은 실
재라는 '마술적 관념론'을 내세웠다.

루바이야트

※ 오마르 카얌

그대 잠을 깨라. 먼동이 트자 태양은
밤의 들판에서 별들을 패주(敗走)시키고
하늘에서 밤마저 몰아 낸 후
술탄의 성탑에 햇빛을 비추인다

아침의 허망한 빛이 사라지기 전
주막에서 들려오는 저 목소리
"사원에 예배 준비가 끝났거늘
어찌 기도자는 밖에서 졸고만 있는가"

꼬끼오, 닭이 울자 주막 앞에서
사람들이 외치는 소리
"문을 열어라. 머물 시간은 짧디 짧고
한 번 떠나면 돌아오지 못하는 길"

지금은 새해, 옛 욕정이 살아나고
생각에 잠긴 영혼 고독으로 돌아가니
거긴 모세의 하얀 손이 가지 위에 내밀고
예수의 숨결이 대지에서 꽃피는 곳

장미꽃 만발하던 이람 정원 사라지고
잠쉬드의 칠륜배(七輪杯)도 간 데 없지만
루비가 불붙는 포도원은 예와 같고
숱한 정원이 물가에서 꽃피우네

다윗의 입술 다물렸지만, 울리는 건
거룩한 펠레비 노래, "포도주를 다오, 붉은 포도주"
핏기 없는 얼굴을 물들이고자
장미에게 애소(哀訴)하는 나이팅게일

오라, 와서 잔을 채워라, 봄의 열기 속에
회한의 겨울 옷일랑 벗어 던져라
세월의 새는 멀리 날 수 없거늘
어느새 두 날개를 펴고 있구나.

오마르 카얌 (1048~1131)
페르시아 시인. 수학자. 천문학자

이별

* 아흐마또바

저녁때의 비스듬한 길이
내 앞에 펼쳐져 있다
어제까지만 해도
사랑어린 목소리로
"잊지 말아요"
속삭이던 사람

오늘은 벌써 불어 대는 바람뿐
목동의 소리와
해맑은 샘가의
훤칠한 잣나무뿐

아흐마또바 (1889~1966)
러시아 여류시인
대표작 〈저녁〉 〈염주〉 〈하얀 새떼〉 외 다수
세 번의 결혼과 세 번의 사별, 사랑하는 아들의 투옥, 출판 금지령 등 아픔을 서정시
와 서사시에 담았다.

바다의 산들바람

※ 말라르메

육체는 슬퍼라
아, 나는 모든 책을 읽었건만
도망하라, 빨리 도망하라
새들도 잘 알 수 없는 물거품과
하늘 사이에 있는데 취해 있는 걸 느낀다

아무것도, 눈에 비친 오래된 정원도
오오 밤이여. 백색이 방어하는 텅 빈 종이 위의
내 램프의 황량한 밝음도
그의 어린애를 젖먹이는 젊은 여인도
바다 속에 잠긴 이 가슴을 지탱 못하리
나는 떠나리라
너의 돛대를 흔드는 기선이
이국의 자연을 향해 닻을 올린다

잔인한 희망 때문에 비탄에 잠긴 권태는

그래도 손수건의 지고한 안녕을 믿는다

아마도 돛대가 소나기를 불러

바람이 돛대를 휘어

돛대도 없는, 돛대도 없는

그리고 비옥한 섬도 없는

절망적인 난파를 일으키는가

하지만 오 내 가슴이여

수부의 노래를 들어라

말라르메 (1842~1898) 프랑스 시인
대표작 〈목신의 오후〉〈던져진 주사위〉 등 다수
베를렌, 랭보와 아울러 프랑스 상징파의 시조이다.

누구든 떠날 때는

※ 잉게보르크 바하만

누구든 떠날 때는
한여름에 모아 둔 조개껍질이
가득 담긴 모자를 바다에 던지고
머리카락 날리며 떠나야 한다.

사랑을 위하여 차린 식탁을
바다에 뒤엎고
잔에 남은 포도주를
바닷속에 따르고
빵을 고기떼들에게 주어야 한다.

피 한 방울 뿌려서 바다에 섞고
나이프를 고기 물결에 띄우고
신발을 물속에 가라앉혀야 한다.

심장과 달과 십자가와, 그리고
머리카락 날리며 떠나야 한다.

그러나 언젠가 다시 돌아올 것을
언제 오는가?
묻지는 마라.

잉게보르크 바하만 (1926~1973)

오스트리아 여류 시인 겸 소설가. 극작가
게오르크 뷔히너상 수상. 브레멘시 문학상 수상.
오스트리아 문학부문 대상 수상(1968년)

송인(送人)

※ 정지상

비 갠 긴 둑에 풀빛이 진한데

남포에 임 보내니 노랫가락 구슬퍼라

대동강 물은 어느 때나 마를 건가

해마다 푸른 물결 위에 이별의 눈물만 더하네

정지상 (?~1135)

고려 중기 문신으로 고려시대를 대표하는 시인이나, 정치적 견해차이로 김부식이 이
끄는 토벌군에게 참살을 당하였다.
그의 작품들은 고려 뿐 아니라 중국 사신들도 극찬을 하였으며 이인로의 〈파한집〉과
조선시대의 〈동문선〉〈동경잡기〉, 김만중의 〈서포만필〉등에 의해 전해지고 있다.

창 앞의 나팔꽃 넝쿨이

✳ 구스타보 A. 베케르

창 앞의 나팔꽃 넝쿨이 흔들림을 보시고
스쳐가는 바람이 한숨 짓는다 의심하실 양이면
그 푸른 잎 뒤에 내가 숨어
한숨 짓는 줄 알아 주시오.

그대 뒤에서 무슨 소리 나직이 나며
그대 이름 멀리서 부른다 의심하실 양이면
쫓아오는 그림자 속에 내가 있어
그대를 부른 걸로 생각하시오.

깊은 밤 그대 가슴 이상하게도
산산이 흩어져 설레고
불타는 입김을 입술에 느끼시거든
눈에는 안 보여도 그대 바로 곁에
내 입김이 서린다고 생각하시오.

구스타보 A. 베케르 (1836~1870)
스페인의 시인. 그가 노래한 주제는 대부분 사랑가 죽음이었다. 이 사랑에는 고독이,
죽음에는 영원에 대한 바람이 내포되어 있다. 사후에 시집 '운율'이 나왔다.

그리움

※ 프리드리히 실러

아, 싸늘한 안개가 덮여 있는
이 골짜기 속으로부터 빠져 나갈
길을 찾아낼 수 있다면 좋으련만
그렇다면 얼마나 행복하랴
저 멀리 아름다운 언덕이 보이나니
언제나 신선하고 언제까지나 푸른 빛인 언덕
날개가 있다면 깃이 있다면
나는 저 언덕에 날아갈 수 있으련만.

아름다운 음악이 들려온다.
감미로운 천국의 안식이 깃든 선율
그리고 산들바람이 내게
말할 수 없는 향기를 보내 준다.
황금빛 과일 빛나는 것이 보이며
어스름한 나무 사이에서 나를 부르나니
저기 피어 있는 꽃들은
겨울이 와도 시들지 않는다.

아, 저기 무한한 달빛 속에는
얼마나 경이로운 일이 있을까
저 높은 곳에 부는 바람

아, 얼마나 삽상(颯爽)할 것이랴
그러나 거친 물결이 내 앞을 막고

성내기를 하며 소리 지르기도 한다.
그 물결이 높이 출렁이며
내 마음을 위협한다.

기우뚱거리는 조각배 한 척이 보이나
아, 그 안에는 사공이 없다.
용감하게 올라타라 망설이지 말아라
돛은 활기 있게 바람을 품고 있다.
밀고 나가기만 하면 그것으로 족하니
신은 우리에게 보장해 주지 않는다.
놀라움만이 너를 실어다 주리니
아름답고 신비로운 나라로.

프리드리히 실러(1759—1805)
괴테와 더불어 독일 고전주의를 대표하는 시인. 그의 시는 서정적이라기보다 철학적
이며 사상적인 것이 많다. '환희에 부치다'는 베토벤의 '제9교향곡'의 합창 텍스트로
사용되어 실러의 이름을 전 세계에 떨치게 했다.

추억

※ 바이런

아, 모든 것은 끝났노라.
꿈이 보여준 그대로
미래는 희망의 빛이 사라져버리고
내 행복의 나날은 끝났다.

불행의 찬바람에 얼어붙어서
내 삶의 동트는 새벽은 구름에 가렸구나
사랑, 희망 그리고 기쁨이여 안녕히!
나 이제 또 하나 더 잊을 수 없을까
그 추억마저도!

바이런(1788~1824)
영국의 낭만파 시인들 가운데 가장 왕성한 창작력을 지니고 있었다. "깨어보니 하룻
밤 사이에 유명해진 자신을 발견했다"고 스스로 말할 만큼 대단한 호응을 얻었던 작
품 '차일드 헤럴드의 순례' 외에 '만프레드', '돈 주앙' 등이 있다.

사랑받지 못하여

✳ 캐들린 레인

나는 온전한 외로움
나는 텅 빈 허공
나는 떠도는 구름

나에겐 형상이 없고
나에겐 끝이 없고
나에겐 안식이 없다

나에겐 집이 없고
나는 여러 곳을 지나간다
나는 무심한 바람이다

나는 물에서 날아가는 흰 새
나는 수평선
나는 기슭에 닿지 못할 파도

나는 모래 위에 밀어 올려진 빈 조개껍질
나는 지붕 없는 오막살이를 비치는 달빛
나는 언덕 위 헐리운 무덤 속의 잊혀진 사자(死者).

나는 들통에 손수 물을 나르는 늙은 사나이
나는 빈 공간을 건너가는 광선
나는 우주 밖으로 흘러가는 작아지는 별

캐들린 레인
1908년 영국 북부 시골에서 태어나 영국 케임브리지에서 생물학을 전공한 여류시인.
1943년 처녀시집 〈돌과 꽃〉을 시작으로 여러 권의 시집을 발표하였다.

야행

※ 아우구스트 슈트람

흐느적거리는 밤을 헤치고
발길 잠잠히 앞을 더듬고
경련하는 공포에 쌓여 손들 놀래며 불안하다.

어둠은 또렷이 그림자 속에 머리를 드러내고
그림자 속에
우리를

중천에는 별들이 반짝이고
버드나무 위로 높이 걸려
또한
땅은 발돋움하여
잠자는 땅 벌거벗은 하늘을 안는다.

그대는 보고 떨며
입술은 타올라
하늘은 입 맞춘다.
그리고
우리에게도 입맞춤을 선물로 준다.

아우구스트 슈트람 (1874~1915)
독일 표현주의의 대표적 시인으로 우체국 국장 등 공직 활동을 하다가 제1차 세계 대전이 발발하자 출정하여 전사하였다.
사후 〈Tropfblut 1919〉〈Liehes Gedichte 1922〉 등이 발간되었다.

우리가 거니는 이 언덕엔

※ 슈테판 게오르게

우리가 거니는 이 언덕엔 그늘이 짙었지만,
건너 쪽 언덕배기는 아직도 밝았다.
푸르러 보드라운 풀방석 위에 떠 있는 달
흰 구름, 조각구름, 떠 있는 듯싶어라.

멀리서부터 어른거려 길은 어두워지고,
어디선가 아련한 속삭임 걸음을 막아,
산에서 흐르는 보이지 않는 물줄기냐?
자장가를 부르는 참새 소리냐?

철 이른 검은 나비
얽히고 얽혀, 풀에서 풀로 산들거리고
언덕은 숲이며 꽃에 덮여,
저녁 내음으로, 짓눌린 괴로움을 어루만진다.

슈테판 게오르게 (1868~1933)
현대 독일시의 원천을 만든 독일의 서정시인.
대표작으로는 〈삶의 융단〉 〈동맹의 별〉 〈새 나라〉 등 다수가 전해지고 있다.

4장

언젠가
우리
다시
만나면

비가 내린다

☀ 프랑시스 까르고

비가 내린다 참 멋있다. 난 널 사랑한다.
우리들은 집에 남아 있으리라
이런 늦가을이 되면
우리들 자신밖엔 아무것도 우릴 즐겁게 하지 못한다.

비가 내린다. 택시들이 오가고 한다.
버스들이 구른다.
세느 강의 예인선들이
소리를 낸다 이젠 서로 이야기할 수 없다.

그것 참 멋있다, 비가 내린다. 나는 듣는다
한 방울 한 방울 유리창에 부딪치는 빗방울 소리를
그러면 너는 따사로이 나에게 미소를 보낸다.

난 널 사랑해. 오! 울고 있는 물소리,
마치 작별인 냥 흐느끼는 물소리.
너는 곧 날 떠나려 한다
마치 네 두 눈 속에 비가 오는 것 같다.

프랑시스 까르고 (1886~1958)
프랑스 환상파 운동이 일어났을 때 참여한 시인으로, 〈본능〉 〈보헤미안과 내 가슴〉
〈다시 찾은 시〉 〈우정에 바침〉 등의 시가 있다.

너의 날

※ 귄터 아이히

너의 날은 잘못 간다.
너의 밤은 황량한 별만 찼구나.

백 가지 생각이 자꾸만 오고
백 가지 생각이 자꾸만 간다.

너 기억하겠니?
일찍이 넌 다만
푸른 강 위에 뜬 한 조각배였더니
일찍이 너 나무의 발을 가지고
이 세상 항구에 정박하고 있었더니
너 다시 그리로 돌아가야만 하겠다

옛날의 비를 마시고 잎들을 낳아야 하겠다
네 걸음이 너무 성급하고
네 말과 네 얼굴이 너무 비속하다

너는 다시 말 없는, 거리낌 없는
한 마리 모기, 일진의 광풍,
한 떨기 백합이 되어야 겠다.

권터 아이히 (1907~1972)
독일 서정시인, 극작가
주요저서로는 〈변두리의 농가〉 〈비의 사자〉 등이 있다.

극언(極言)

❊ 에른스트 베르트람

너는 존재할 수 없다.

너는 자멸할 수 있다

너는 가만히 있을 수 없다

세계는 어디든지 방황한다

너는 모을 수 없다

모든 금이 납이 된다

그리고 붙잡을 수 없다

모두 휙휙 달아난다

너는 알 수 없다

기만(欺瞞)이 되었던 때문이다

너는 다만 사랑할 수 있다

사랑으로 충분하다

에른스트 베르트람 (1884~1957)
독일의 시인. 문학사가. 게오르게파(派)에 속했으며 특히 격언시에 뛰어났다.
주요 작품으로는 〈니체-한 신화의 시도〉 〈독일의 운명에 대하여〉 등이 있다.

인생예찬

※ 롱펠로우

슬픈 곡조로 내게 말하지 말라
인생은 한낱 공허한 꿈일 뿐이라고
잠자는 영혼은 죽어있는 것이니
만물은 보여지는 것만이 전부가 아니다.

인생은 참되다
인생은 진실하다
무덤이 인생의 목표가 될 수는 없다.

'너는 본시 흙이니, 흙으로 돌아가라'
이 말은 영혼에 대한 말이 아니다.

우리가 가야할 곳, 또한 가는 길은
향락도 아니고 슬픔도 아니다.
저마다 내일이 오늘보다 낫도록
행동하는 그것이 목적이요, 길이다.

예술은 길고 세월은 덧없어,
우리의 심장이 힘차게 움직일지라도
여전히 숨죽인 북 같이 울리고 있다.
무덤을 향한 장송곡처럼…

이 세상 드넓은 싸움터에서
인생의 거친 야영지에서
말 못하며 쫓기는 짐승이 되지 말고
싸워서 이기는 영웅이 되어라.

아무리 즐거워도 미래를 믿지 말라!
죽은 과거는 과거 속에 묻어버려라!
행동하라, 살아있는 현재에 행동하라!
우리 몸에는 심장이, 위에는 하나님이 계신다.

위인들의 생애는 우리를 일깨운다
우리도 위대한 삶을 이룰 수 있으며
그리고 이 세상을 떠나고 난 뒤의
시간의 모래밭에 우리의 발자국을 남길 수 있음을…

아마도 다른 사람, 곧
인생의 드넓은 대양을 항해하던
난파당한 형제가 발견하고 따라올 수 있을
발자국을…

그러니 우리 일어나 앞을 향해 나가자
어떤 운명에도 굴하지 않는 마음으로
끊임없이 이루고
끊임없이 추구하면서
노력하며 기다림을 배우자꾸나.

태풍

✳ 하트 크레인

오오 主여, 그대 휘달리심이여!
主여! 그대가 하는 곳

아무것도 멎지 않고
모든 것이 산산이 부서져 흩어진다

오오 십계(十戒)의 돌도 부서진다
뽀얀 젖빛같이 그대 끝날같이 따가운 바람에

뼈에서 살점 뜯어
떨리는 살을 깎아 엷게 펼치나니

쓰러지나니 휘파람 날리는 지푸라기! 主여
이제는 부서진 표석(漂石)마저 튀어나는가

바위틈에서 번갯불 맞고서,
主여 벌레가 그대 북이 뛰놀음을

막지 못하리라 덤비지 못하리라.
主여, 산봉우리는 왈가닥거리며

해초를 채찍질하여 흙빛 하늘이 뒤끓고
하늘 높이 내달리며 비명 지르는데

그대는 문으로 내달리시는가 主여!
그대는 마루도 벽도 참지 못하신다. 主여!

하트 크레인 (1899~1932)
가장 뛰어난 시인 중의 한 사람으로 꼽히는 미국 시인. 13세에 시를 쓰기 시작하여
1926년 첫 시집 〈하얀 건물〉을 발표하여 입지를 다지고 1930년 〈다리〉를 발간하여
시인으로서 지위를 확립하였으나 1932년 카리브에서 투신자살을 하였다.

그날이 오면

※ 심훈

그날이 오면 그날이 오며는
삼각산 일어나 더덩실 춤이라도 추고
한강물이 뒤집혀 용솟음 칠 그날이
이 목숨이 끊기기 전에 와주기만 할 양이면
나는 밤하늘에 나는 까마귀와 같이
종로의 인경¹을 머리로 드리받아 울리오리다
두개골은 깨어져 산산조각이 나도
기뻐서 죽사오매 오히려 무슨 한이 남으오리까

그날이 와서 오오 그날이 와서
육조(六曹)² 앞 넓은 길을 울며 뛰며 뒹굴어도
그래도 넘치는 기쁨에 가슴이 미어질 듯하거든
드는 칼로 이 몸의 가죽이라도 벗겨서
커다란 북을 만들어 들쳐 메고는
여러분의 행렬에 앞장을 서오리다
우렁찬 그 소리를 한번이라도 듣기만 하면
그 자리에 꺼꾸러져도 눈을 감겠소이다.

인경¹ : 통행금지를 알리거나 해제하기 위해 치던 종으로, 여기서는 보신각을 나타냄
육조² : 조선시대 국가의 정무를 맡아 보던 기관. 이조, 호조, 예조, 병조, 형조, 공조

심훈 (1901~1936)

1919년 3·1운동에 가담하여 투옥되어 경성제일고등보통학교를 퇴학당하고 중국으
로 망명하였다가 1923년 돌아와 연극. 영화. 소설 집필에 몰두한 그는 특히 농민문학
의 장을 여는데 큰 공헌을 하였다.

대표작으로는 〈상록수〉〈영원의 미소〉 우리나라 최초의 영화소설 〈탈춤〉 등이 있다.

전쟁의 소식을 듣고

❋ I. 로젠버그

눈은 귀 설은 흰 빛 언어
얼음이나 서리가
겨울의 대가로서
꽃망울이나 새를 요구한 적은 없다.

허나 천지에 가득 찬
얼음과 서리와 눈을
이 한 여름의 나라는 안다
까닭을 아는 이 없건만.

모든 사람들의 가슴엔 눈이 쌓였다
어느 늙은 정령이 있어
사악한 입맞춤으로
우리의 생명을 곪피게 했다.

붉은 이빨이 그 분의 얼굴을 찢었다
하느님의 피가 흐른다
그분은 외로운 곳에서
당신의 어린 것들의 죽음을 슬퍼한다.

오! 태고적 진홍의 저주여!

썩어 없어져라

이 누리에

다시 그 옛날의 꽃이 만발하게 하라.

I. 로젠버그 (1890~1918)

영국 전쟁시인. 제1차 세계대전이 일어나자 출전하여 전사하기까지 3권의 시집을 출
간하였다. 대표적 전쟁시인으로 불리며, 전쟁시인이란 애국심으로 출정을 하였으나
전쟁의 추악한 현실을 증오하게 된 시인들을 가리킨다.

어머님에게

※ 조지 바커

가장 가깝고, 가장 사랑하면서도 가장 먼 것,
그 창 아래 내 흔히 보았거니
어머님 아시아처럼 거대하게 앉으셔서, 껄껄 웃으시며
아일랜드에서 자라신 손에 술잔과 닭고기를 잡으시고
라블레¹ 만큼이나 호탕하시더니, 허나 가까이 있는
절름발이 개나 다친 새에겐 마음 아파하시더니
어머님은, 누구나 따르며 악대를 따라가는
작은 강아지처럼 따를 수 밖에 없는 하나의 행렬

어머님은 폭격기를 쳐다보시거나 움츠리시며
술잔을 놓으시고 지하실로 걸어가시지는 않으시련만
마호가니 탁자에 믿음만이 움직일 수 있는
산처럼 앉아 계시려니, 내 정성과 애정을 다해 아뢰오니
부디 슬퍼 마시고 아침을 맞으시기를

라블레¹ : 16세기 프랑스 작가로 그의 저서 〈가르강튀아〉는 호탕한 거인왕의 이야기를 쓴 것.

조지 바커 (1913~1991)
영국. 오든 일파의 정치적 경향에 반발한 1940년대의 대표적 시인.
대표작으로 〈애석과 승리〉〈에로스와 도그마〉〈조지 바커의 진실한 고백〉 등이 있다.

길

※ 윤동주

잃어버렸습니다
무얼 어디다 잃어버렸는지 몰라
두 손이 주머니를 더듬어
길에 나아갑니다

돌과 돌과 돌이 끝없이 연달아
길은 돌담을 끼고 갑니다

담은 쇠문을 굳게 닫아
길 위에 긴 그림자를 드리우고

길은 아침에서 저녁으로
저녁에서 아침으로 통했습니다

돌담을 더듬어 눈물짓다
쳐다보면 하늘은 부끄럽게 푸릅니다

풀 한 포기 없는 이 길을 걷는 것은
담 저 쪽에 내가 남아 있는 까닭이고
내가 사는 것은 다만
잃은 것을 찾는 까닭입니다

윤동주 (1917~1945)

일제강점기에 나고 자란 그의 시는 식민지 지식인의 고뇌와 역사 감각이 들어가 독특한 자아성찰의 시세계를 보여준다. 1941년 연희전문 문과를 졸업하고 1942년 일본으로 유학을 간 윤동주는 고종사촌인 송몽규와 1943년 독립운동 혐의로 투옥중 원인불명의 사인으로 옥사하였다.

주요작품으로는 〈서시〉〈또 다른 별〉〈별 헤는 밤〉등이 있다.

흐르는 물에

✳ 카를루스

내 연인은 내게 말했었지.
"나는 당신 이외에 그 누구와도
함께 살 생각은 전혀 없답니다.
비록 전능하신 유피테르' 신이 원하신다 해도."
이렇게 내게 말했었지.
그러나, 가슴 설레는 사나이의 귀에
여자가 속삭이는 말이라는 것은
하늘에 부는 바람이든가 급히 흐르는 물에다가
써두는 것이나 마찬가지 노릇이지.

유피테르' : 로마 신화 최고의 신으로, 영어로는 Jupiter(주피터)라고 한다.

카를루스(B.C. 84~54년경)
로마의 서정시인. 그리스 서정시의 운율을 라틴 시에 도입했으며, 특히 알렉산드리아
파의 영향을 강하게 받았다. 연인 레스비아를 위해 지은 서정시로 인해 그는 로마 최
대의 서정시인이 되었다.

오, 나는 미친 듯 살고 싶다

※ 알렉산드르 블로크

오, 나는 미친 듯 살고 싶다
모든 존재를, 영원한 것으로
무성격을, 인간적인 것으로
실현 불가능을, 가능한 것으로
삶의 무거운 꿈이 짓누르고
이 꿈속에서 내가 질식당할지라도
어쩌면, 유쾌한 젊은이는 미래에
나에 대하여 말할지 모르리라

음울함과 작별하자
진정 이것이 그의 숨은 원동력인가?
그는 온통 선과 빛의 아이
그는 온통 자유의 승리라고!

알렉산드르 블로크 (1880~1921)
러시아 상징주의 대표적 시인.
주요 작품으로는 〈서정시극〉 〈조국〉 〈보복〉 〈열둘〉등 수 많은 작품들이 전해지고 있
다. 월남전에 참전하였고, 이념 차이로 서로를 죽이는 전쟁을 치른 경험을 시에 반영
했다.

귀거래사

※ 도연명

돌아가리라

전원이 황폐해지려는데 어찌 아니 돌아가리

이미 스스로 마음이 형역(形役)되었거늘

어찌 근심하고 한탄만 하랴

지난 일 탓하지 말 것을 깨달았고

다가올 일 이룰 수 있음을 알았으며

실로 길 잃고 헤맨 지 오래지 않아

지금이 옳고 지난 날이 그름을 알겠다.

배가 흔들흔들 가벼이 나아가고

표표히 부는 바람 옷자락 날리네

나그네에게 남은 길 물어보며

새벽빛 희미함을 원망한다

마침내 나의 오두막집 바라보고

기뻐 달려간다.

어린 종은 기쁘게 맞이하고, 어린애는 문 뒤에 서 있네.

도연명 (365~427)

중국 동진 시인.

대표작 〈오류선생전〉〈도정절집(10권)〉

중국 동진 말기부터 남조의 송대 초기에 걸쳐 생존한 중국의 대표적 시인. 기교를 부리지 않는 시풍이었기 때문에 당시의 사람들로부터는 경시를 받았지만, 당대 이후는 6조 최고의 시인으로 일컬어졌다.

사람에게 묻는다

※ 휴틴

땅에게 묻는다
땅은 땅과 어떻게 사는가?
땅이 대답한다
우리는 서로 존경하지

물에게 묻는다
물과 물은 어떻게 사는가?
물이 대답한다
우리는 서로 채워주지

사람에게 묻는다
사람은 사람과 어떻게 사는가?
스스로 한번 대답해 보라

휴틴
베트남 시인.
대표작 〈시간의 나무〉
월남전에 참전하였고, 이념 차이로 서로를 죽이는 전쟁을 치른 경험을 시에 반영했다

당신은 어느 쪽인가요

※ 엘러 휠러 윌콕스

오늘날 세상엔 두 부류의 사람들이 있지요
부자와 빈자는 아니에요
한 사람의 재산을 평가하려면
그의 양심과 건강 상태를 먼저 알아야 하니까요
겸손한 사람과 거만한 사람도 아니에요
짧은 인생에서
잘난 척하며 사는 이는
사람으로 칠 수 없잖아요
행복한 사람과 불행한 사람도 아니에요
유수 같은 세월
누구나 웃을 때도,
눈물 흘릴 때도 있으니까요

남다른 사랑을

※ 샤퍼

그대여, 우리는 마치 서로의 모든 것을
속속들이 알고 있다는 듯 살아가는
부부가 되지 맙시다
그런 부부는 상대방을
너무나 잘 알고 있다고 생각하기에
할 말이 없고 그저 참고 견디며
그럭저럭 살아가고 있는 듯 보입니다
자신들도 모르는 사이 그들은
죽어 있는 삶을 살아가고 있는지 모릅니다
그 무기력함을 감추기 위해
애써 재미를 찾아 나서고
애써 유쾌함을 가장하지요
그들도 젊어서는 사랑한다고 여겼고
아니 진정 사랑했을 테지요
그러나 그들은 한 가지 중요한 것을 놓친 것입니다
사랑도 성장해간다는 것을
아주 조심스럽게
아주 섬세하게
가꾸어 나가야 한다는 것을
사랑은 세심하게 마음을 쓰지 않으면
지속될 수 없다는 것을

인생 거울

❋ 매들린 브리지스

세상에는 변하지 않는 마음과
굴하지 않는 정신이 있다
순수하고 진실한 영혼들도 있다
그러므로 자신이 가진 최상의 것을 세상에 주라
최상의 것이 너에게 돌아오리라

마음의 씨앗을 세상에 뿌리는 일이
지금은 헛되이 보일지라도
언젠가는 열매를 거두게 되리라

왕이든 걸인이든 삶은 다만 하나의 거울
우리의 존재와 행동을 비춰줄 뿐
자신이 가진 최상의 것을 세상에 주라
최상의 것이 너에게 돌아오리라

매들린 브리지스 (1844~1920)
스페인계 미국 시인.
대표작 〈당신과 나〉〈죽음의 잠〉〈슬픈 봄〉 외 다수

진실하라

※ 톨스토이

어떤 일에서든 진실하라
진실한 것이 더 손쉬운 것이다
어떤 일이든
거짓으로 해결하는 것보다는
진실에 의해서 해결하는 편이
보다 신속하게 처리된다

남에게 하는 거짓말은
문제를 혼란시키고
해결을 더욱 어렵게 할 뿐이다
그러나 그것보다 더 나쁜 것은
겉으로는 진실한 체하며
자기 자신에게 거짓말을 하는 것이다

그것은 결국
그 사람의 인생을 망치게 할 것이다

아니죠

내가 말하는 이 세상 사람의 두 부류란

짐 들어주는 자와

비스듬히 기대는 자랍니다

당신은 어느 쪽인가요?

무거운 짐을 지고

힘겹게 가는 이의 짐을 들어주는 사람인가요?

아니면 남에게 당신 몫의 짐을 지우고

걱정 근심 끼치는

기대는 사람인가요?

엘러 휠러 윌콕스 (1850~1919)
미국 여류시인. 저널리스트

깃발을 꺼내라

※ 에드거 A. 게스트

깃발을 꺼내라 그대가 인류를 위해
몸 바치는 것을 모든 이가 다 보도록
깃발을 꺼내라 그리고 흔들어라
지나는 모든 이가 기쁨에 들뜨도록

옆길로 비켜선 사람들
이전의 자부심을 잃은 사람들
모두 다 그 깃발 보고, 그리고
다시 힘내어 정진할 수 있도록

에드거 A. 게스트 (1881~1959)
영국태생 미국 시인.
1891년 미국으로 이주한 그는 1902년 미국에 귀화를 하였으며 기자생활을 하다가
시를 쓰기 시작하였다. 1만1천여편의 시를 남긴 그는 현실을 사실적으로 표현하는
작가로 '국민시인'이라 칭송을 받았다.

희망은 금빛 날개를 가지고 있답니다
그 금빛 날개는 어느 순간에도
우리가 잘 버티도록 도와주지요

씩씩하게, 그리고 두려움 없이
힘든 날들을 견뎌내세요
영광스럽게, 그리고 늠름하게
용기는 절망을 이겨낼 수 있답니다

샬롯 브론테 (1816~1855)
영국 소설가
대표작 〈제인 에어〉 〈셜리〉 외 다수
자신의 기숙학교와 가정교사 생활 그리고 에제 기숙 학교 교장과의 이루어질 수 없는 사랑의 경험을 바탕으로 쓴 소설 〈제인 에어〉를 '커러 벨'이란 가명으로 출간, 작가로서 성공하게 된다. 이후 자신의 본명과 신분을 밝혀 여성에게 엄격했던 당시 영국 사회를 놀라게 했다.

보여줄 수 있는 것은
아주 작습니다

✳ G. 호프만

진실에 이르기까지
그대에게 보여줄 수 있는 것은 아주 작습니다.
꽃들도 모르게 바람보다 조용히
마음의 허물을 모두 벗어버리고
이른 아침의 햇살이 그대를 감싸듯이
어디에서라도 온 마음을 다하여
그대를 향해 서 있는 것입니다.

진실에 이르기까지
그대가 보여줄 수 있는 사랑은 아주 작습니다.

아주 멀리서라도
그대만을 향해 있는 나의 마음을
바람보다 먼저 느껴주고
아주 작은 어떤 존재가
그대를 향하고 있다는 것을
알아주기만 하면 되는 것입니다.

사랑이 얼마나 약하고
상처 입기 쉬운 것인지를 몰랐던 것입니다
그대여, 우리의 사랑은
그저 같은 솥의 밥을 먹는 관계로 전락해서는 안 됩니다
그러기 위해 우리는 부단히
매일 사랑의 창조를 해나가야 합니다
그렇지 않으면 우리의 사랑도
마지못해 끌려가는 생활로 전락해버리고 말 것입니다

샤퍼
독일의 사진작가이자 시인.

높은 곳을 향하여

※ 로버트 브라우닝

위대한 사람이 단번에 그와 같이
높은 곳에 뛰어 오른 것은 아니다

동료들이 단잠을 잘 때
그는 깨어서 일에 몰두했던 것이다

인생의 묘미는 자고 쉬는 데 있는 것이 아니라
한 걸음 한 걸음 앞으로 나아가는 데 있다

무덤에 들어가면 얼마든지 자고 쉴 수 있다
자고 쉬는 것은 그 때 가서 실컷 하도록 하자

살아 있는 동안은 생명체답게 열심히 활동하자
잠을 줄이고 한걸음이라도 더 빨리 더 많이 내딛자

높은 곳을 향하여
위대한 곳을 향하여

인생

❋ 샬롯 브론테

인생은 사람들 말처럼
어둡기만 한 것은 아닙니다
아침에 내린 비는
화창한 오후를 선물하지요

때론 어두운 구름도 끼지만
모두 금방 지나간답니다
소나기가 와서 장미가 핀다면
소나기 내리는 것을 슬퍼할 이유가 없지요

인생의 즐거운 순간은 그리 길지 않아요
고마운 마음으로 그 시간을 즐기세요

가끔 죽음이 끼어들어
제일 좋아하는 이를 데려간다 한들 어때요
슬픔이 승리하여
희망을 짓누르는 것 같으면 또 어때요

아주 먼 곳에서라도

그대가 내 마음을 받아준다면

우리의 아주 적은 노력들은

소중한 사랑의 씨앗이 될 것입니다.

G. 호프만(1776~1822)
소설가
오랫동안, 특히 외국에서는 독일 최대의 소설 작가로 알려져 왔다. 프랑스, 러시아,
영국, 그리고 미국에서 그는 유명해져 큰 영향을 끼쳤다.

내가 만일

※ E. 디킨슨

내가 만일 애타는 한 가슴을 달랠 수 있다면
내 삶은 정녕 헛되지 않으리.
내가 만일 한 생명의 고통을 덜어주거나
또는 한 괴로움을 달래주거나
또는 헐떡거리는 울새 한 마리를 도와서
보금자리로 되돌려줄 수만 있다면
내 삶은 정녕 헛되지 않으리.

E. 디킨슨 (1830~1886)
미국 시인
대표작 〈전시집 3권〉 〈전서간집〉
시대의 제약을 초월한 특이한 시풍으로 높은 평가를 얻은 여류시인이다.

나의 마음을 위해서라면

※ 네루다

나의 마음을 위해서라면 당신의 가슴으로 충분합니다.
당신의 자유를 위해서라면 나의 날개로 충분합니다.
당신의 영혼 위에서 잠들어 있던 것은
나의 입으로부터 하늘까지 올라갑니다.

매일의 환상은 당신 속에 있습니다.
꽃잎에 맺혀 있는 이슬처럼
당신은 사뿐히 다가옵니다.
당신의 모습이 나타나지 않음으로

당신은 지평선으로 파고들어갑니다
그리고는 파도처럼 영원히 떠나갑니다.
소나무 돛대처럼 당신은 바람을 통해
노래한다고 나는 말했습니다.

그들처럼 키가 크고 말이 없지만 길 떠난
나그네처럼 갑자기 당신은 슬픔에 잠겨 버립니다.
옛 길처럼 당신은 언제나 다정합니다.
산울림과 향수의 소리가 당신을 살포시 얼싸안아 줍니다.

당신의 영혼 속에서 잠들던 새들이 날아갈 때면
나는 깊은 잠에서 깨어납니다.

네루다 (1904~1973) 칠레 시인, 외교관
대표작 〈황혼의 노래〉 〈조물주의 시도〉 〈모든 이를 위한 노래〉 등 다수
1920년 수도 산티아고에 가서 교사 생활을 하며 시를 쓰기 시작했다. 1925년 〈무한
한 한 인간의 시도〉란 장편시를 발표하여, 초현실주의의 뛰어난 시인으로 인정받았
고, 1927~1934년 미얀마 · 자바 · 싱가포르 · 중국 · 실론 등지에 칠레의 영사로 근무
하면서 쓴 〈지상의 주거(地上의 住居)〉는 그의 최고의 걸작으로 알려진다.

떨어져 흩어지는 나뭇잎

※ 고티에

숲은 공허하게 녹이 슬어
가지에 붙어 있는 단 하나의 나뭇잎
외로이 가지에서 흔들리고 있는
잎사귀는 단 하나, 새도 한 마리.

이제는 오로지 나의 마음에도
오직 하나의 노래, 노래 한 줄기
하지만 가을바람이 맵게 울고 있어
사랑의 노래 소리 들을 길 없네.

새는 날아가고 나뭇잎도 흩어지고
사랑 또한 빛바래네.
겨울 오면 귀여운 새여.
다가오는 봄에는 내 무덤가에서 울어다오.

고티에 (1811~1872)
프랑스 시인, 소설가
대표작 〈알베르튀스〉 〈모팽 양〉 〈프라카스 대장〉 등 다수
애초에는 화가 지망생이었으나, 위고를 알고서부터 시로 들어섰다. 〈에르나니〉가
1830년에 파리에서 처음 공연된 뒤에 일어난 문화적 투쟁에 가담했다. 조형미를 문
학작품에 도입하여 형식을 존중하는 유미적 작품을 수립, 후의 고답파 시인들에게 영
향을 주기도 했다.

익숙해졌단 핑계로 자신도 모르게

　　소중한 사람에게 소홀하진 않았는지

돌아보는 시간을 갖기 바랍니다

키스

손에 하는 키스는 존경의 키스
이마에 하는 키스는 우정의 키스
뺨에 하는 키스는 감사의 키스
입술에 하는 키스는 사랑의 키스
눈꺼풀에 하는 키스는 기쁨의 키스
손바닥에 하는 키스는 갈망의 키스
팔과 목에 하는 키스는 욕망의 키스
그 밖의 키스는 모두 미친 짓이다.

프란츠 그릴파르처 (1791~1872)
오스트리아 극작가
대표작 〈바다와 사랑의 물결〉〈불쌍한 거리의 음악사〉 등
오스트리아를 위해 고전적 · 낭만적인 인간성 의식과 교양의식을 전취하려고 힘쓴
작가이다. 정신적인 삶은 황제 도시 빈의 바로크 · 카톨릭적 전통과 그의 민족의 서
민적이고 역사적인 극 전통과 문학 전통에 깊이 뿌리박고 있었다.

내 나이 스물하고 하나였을 때

＊ 알프레드 E. 하우스먼

내 나이 스물하고 하나였을 때,
어떤 현명한 사람이 내게 말했지요.
'돈을 주어도 네 마음은 주지 말거라'
하지만 내 나이 스물하고도 하나였으니
전혀 소용없는 말.

내 나이 스물하고 하나였을 때,
어떤 현명한 사람이 내게 말했지요.
'마음속의 사랑은
결코 거저 주어지는 게 아니다.
그것은 숱한 한숨과
끝없는 슬픔의 대가(代價)란다'

지금 내 나이는 스물하고 둘
아, 그것은 정말 진리입니다.

향기가 묻어나는
세계 명시 150

2015년 01월 20일 1판 1쇄 발행
2015년 06월 10일 1판 2쇄 펴냄

엮은이 | 문영
기　획 | 김민호
발행인 | 김정재
펴낸곳 | 뜻이있는사람들
등　록 | 제 2014-000229호
주　소 | 서울 마포구 독막로 10(합정동) 373-4 성지빌딩 616호
전　화 | (02) 3141-6147
팩　스 | (02) 3141-6148
이메일 | naraeyearim@naver.com
ISBN 978-89-90629-25-8 03810